KB027939

시하고 놀자

시하고 놀자

초판 1쇄 발행 2018년 5월 24일

지은이 나태주
그린이 윤문영

펴낸이 김선기
펴낸곳 (주)푸른길
출판등록 1996년 4월 12일 제16-1292호
주소 (08377) 서울시 구로구 디지털로 33길 48 대륭포스트타워 7차 1008호
전화 02-523-2907, 6942-9570~2
팩스 02-523-2951
이메일 purungilbook@naver.com
홈페이지 www.purungil.co.kr

ISBN 978-89-6291-452-8 03810

• 이 도서의 국립중앙도서관 출판예정도서목록(CIP)은 서지정보유통지원시스템 홈페이지(http://seoji.nl.go.kr)와 국가자료공동목록시스템(http://www.nl.go.kr/kolisnet)에서 이용하실 수 있습니다.(CIP제어번호: CIP2018014383)

시하고 놀자

나태주 지음 | 윤문영 그림

푸른길

어린이들 책을 쓰고 싶었다

그동안 시에 대한 책을 몇 권 썼다. 언젠가 어린이들 책을 한 권 쓰고 싶었다. 실은 어린이가 어른이다. 어린이가 자라 어른이 된다. 거꾸로 어른은 늘 어린이 때의 생각과 느낌을 잃지 말고 살아야 한다. 그래야만 정말로 행복한 사람이 된다.

워즈워스란 영국 시인은 "어린이는 어른의 아버지/ 나는 지금도 무지개를 보면 가슴 뛰논다."라고 시를 쓴 일이 있다. 이 말이 맞다. 어린이가 자라 어른이 되기 때문이다. 어린이에서 어른이 나온다. 어린이가 인간(사람)의 근본이고 고향이기 때문이다.

어린이들이 시를 알아야 한다. 어린이가 시를 알면 평생 시를 아는 사람이 된다. 이 얼마나 좋은 일인가! 그래서 나는 초등학생이나 중학생을 대상으로 문학 강연을 하라고 하면 사양하지 않고 찾아가 문학 강연을 한다. 어린 사람들이기 때문에 그들은 아주 오랜 세월 살 것이다. 그렇게 사는 동안 나를 기억해 주면 이 또한 얼마나 좋은 일인가!

이 책도 그런 마음으로, 그런 바람으로 썼다. 어린이들이 시를 알아 그들의 마음이 달라지고 그들의 삶이 달라진다면 그보다 더 좋은 일은 없다. 고마운 일은 없다. 부디 끝까지 함께 읽어 주기 바란다.

2018년 1월
공주에 눈이 많이 내린 날
나태주 씁니다

차례

제1부

시 쓰기 공부

1. 빨리 가려면 혼자 가고 멀리 가려면 함께 가라

어진아. 할아버지야.

너는 대전에서 아빠랑 엄마랑 살고 할아버지는 공주에서 할머니와 살기 때문에 우리는 가끔씩 일요일 같은 때만 만나지. 만날 때마다 달라지는 너의 모습에 할아버지와 할머니는 놀라곤 한단다. 네가 점점 더 의젓해지고 엄마 아빠의 말을 잘 듣고 학교 공부도 잘하고 그래서 매우 기뻐.

공부뿐만 아니라 친구들이랑 축구도 열심히 하고 요즘은 태권도도 하고 또 수영도 하고 엄마가 피아노를 사 줘서 피아노를 치기 시작했다고 해서 더욱 놀라는 마음이야.

어진아. 무슨 일이든 처음 시작하는 것도 중요하지만 한번 시작한 일을 끝까지 하는 것이 더욱 중요하단다. 네가 하고 싶은 일을 골라 끝까지 잘 하는 사람이 되기 바란다. 그러다 보면 너는 더욱 의젓하고 좋은 사람, 네가 되고 싶은 사람, 쓸모 있는 사람이 될 거란다.

어진아. 할아버지가 시를 쓰는 시인인 것을 너도 알지? 할아버지가 시인이 되고 싶었던 것은 열여섯 살, 고등학교 1학년 때의 일이야. 나도 모르게 시에 끌려 시인이 되고 싶었단다. 선생님도 없이 혼자서 시를 공부했지.

오직 책이 선생님이었지. 혼자서 책을 읽고 혼자서 시를 쓰는 일이 계속되다가 스물여섯 살에 시인이 되었지. 그로부터 할아버지는 오십 년 가까운 긴 시간(세월)을 시를 쓰며 살았단다. 그동안 할아버지가 낸 책만 해도 백 권이 넘어. 책 가운데는 시집도 있지만 산문집도 있고 동화집도 있단다.

그런데 할아버지는 그렇게 오랫동안 아주 많은 글을 쓰고 시를 썼으면서도 시를 쓸 때마다 두렵고 떨리고 힘이 든단다. 또 시에 대한 책을 여러 권 썼는데도 시에 대해서만은 확실하고 완전하게 알 수가 없어. 그만큼 시란 것이 어렵고 힘든 것이어서 그렇단다.

우리 어진이가 이제 초등학교 학생이 되었으니 초등학교 학생들에게 어떻게 하면 시를 잘 알게 하고 시를 잘 쓰게 할 수 있을까, 그런 책을 한 권 쓰고 싶어.

그래서 올해 1월에는 그 책을 좀 쓰려고 그래. 이 책을 쓰는 데 아무래도 어진이 네가 좀 도와주어야만 하겠다. 1월은 밤이 길고 날씨가 추워서 이제 할아버지는 종일 집 안에서만 지낼 거야.

주로 깊은 밤에 혼자 잠에서 깨어 글을 쓸 거야. 아, 이 책을 끝까지 쓸 수 있을까? 그런 걱정이 들 거야. 그럴 때면 또 하나님께 기도할 거야. '하나님 이 책을 끝까지 잘 쓰게 해 주십시오.' 그러면서 또 어진이 네 이름을 부를 거야.

어진아. 아프리카 사람들의 속담에 이런 말이 있어. '빨리 가려면 혼자

가고 멀리 가려면 함께 가라.' 빨리 가는 길은 가까운 길이고 쉬운 길이다. 멀리 가는 길은 먼 길이고 어려운 길이다. 그렇기 때문에 빨리 가고 싶으면 혼자서 가고 멀리 가려면 함께 가라고 한 말일 것이다.

그래 어진아. 시에 대한 이야기가 어려운 이야기고 멀리 가는 길이구나. 이 길에 네가 함께 가 주었으면 좋겠다. 분명 네가 함께 가 주기만 한다면 할아버지는 그 길을 끝까지 갈 수 있을 것이고 또 시에 대한 이야기를 좀 더 잘 할 수 있을 것이다. 이 또한 고마운 일이 아니겠느냐.

2. 시는 어떤 글인가

사람들은 시가 어렵다고 말해. 학생들은 말할 것도 없고 선생님들까지도 그래. 시가 어려워서 도무지 학생들에게 가르치기 어렵다고 그래. 가끔 초등학교로 문학 강연을 가면 선생님들이 시에 대해서 잘 알 수 있는 책이 한 권 있었으면 좋겠다는 말씀들을 하셔.

더구나 할아버지도 초등학교 선생님을 오래 한 사람이지 않겠니. 했어도 아주 오래 했단다. 43년을 했으니까 지금 네 아빠 나이보다 많은 시간을 선생님 일을 했단다.

초등학교 선생님을 하면서 학생들에게 시에 대해서 설명도 하고 시를 함께 지어 보기도 했단다. 그렇지만 할아버지에게도 시가 어렵기는 마찬가지였단다.

이걸 어떻게 하나! 답답한 일이 아니겠니? 우선 시는 글이지. 글은 글인데 몇 가지 특별한 점을 가지고 있단다.

첫째, 길이가 짧다는 것.

둘째, 내용이 어렵다는 것.

셋째, 무언가 깊은 내용을 숨기고 있다는 것.

아마도 그래서 시가 어렵다고 생각하는 것 같아. 그렇지만 시에서 가장 중요한 것은 시의 바탕이 '사실'이 아니고 '느낌'이라는 것이야. 이 점을 절대로 빠뜨리면 안 돼. '사실'은 있는 그대로를 말해. 눈에 보이는 것들, 우리가 몸으로 해 본 일들을 말하지. 그러니까 분명하고 확실해.

그렇지만 '느낌'이란 것은 눈에 보이지 않고 마음속에만 있는 것이어서 분명하지 않아. 사람마다 다르고 시간마다 다르지. 말하자면 변하는 것이야. 그래서 시가 어렵다고 그러는 것이야.

사실을 쓴 글을 '산문'이라고 그러는데 산문은 그 글을 쓰는 까닭(목표)이 '설득'에 있고, 감정을 다룬 글을 '시'라고 그러는데 시는 그 글을 쓰는 까닭이 '감동'에 있어. 설득이란 저 사람의 마음을 내 편으로 끌어당기는 것을 말해. 그러기 위해서는 글이 정확하고 분명하고 오해가 없어야 해. 맑고 속이 들여다보이는 글이 좋지. 이렇게 해석도 되고 저렇게 해석도 되는 글이라면 안 돼. 꼭 그렇게 해석되어야만 해. 그래야 저 사람을 내 편으로 만들 수 있단다.

하지만 말이야. 시는 감동을 주어야 하기 때문에 글을 읽는 사람의 마음을 움직여야만 해. 어떻게 하면 글을 읽는 사람의 마음을 움직일 수 있겠니? 내 느낌이나 감정을 될수록 예쁘게 나타내 주어야만 하겠지. 나의 느낌이나 감정을 나의 것으로만 나타내는 것이 아니라 글을 읽는 사람의 것으로도 바꾸어서 나타내 주어야 할 거야. 그것이 정말로 시에서는 문제란다.

우선 시는 차근차근 생각하면서 쓰는 글이 아니란 것을 알아야 한단다. 생각의 순서나 마음으로 따져서 쓰는 글이 아니란 것이지. 시는 급한 마음으로부터 쓰는 글이란다. 이것이 중요해.

시는 마음속에서 우러나는 느낌을 토하듯이 쓰는 글이고 힘차게 내뱉는 글이란다. 마치 화가 났거나 급한 일이 있을 때 지르는 고함 소리나 아우성과 같은 글이지.

'울컥'이란 말을 너도 들었을 것이다. 마음속에 느낌이 가득 찼거나 마음이 출렁일 때 무언가 목구멍으로 치밀어 올라오듯이 하는 것이 있을 거야. 그게 바로 '울컥'이야. 그 '울컥'을 받아서 말로 바꾸는 것이 바로 시란다. 그래서 할아버지는 시를 마음속 깊은 곳에 숨은 또 하나의 마음, 영혼의 글(조금은 어려운 말이지만)이라고 말하기도 한단다.

*시 → 느낌의 글(감정의 글)
→ 토해 내는 글(내뱉는 글)
→ '울컥'하는 글
→ 외마디 소리의 글(아우성치는 글)
→ 영혼의 글

3. 말이 사람을 만든다

어진아. 우리 사람(인간)이 세상에 있는 다른 생명체들과 비교할 때 다른 점은 여러 가지가 있을 수 있다. 그 가운데서도 가장 두드러진 점은 연모를 사용하면서 살아간다는 점이야.

원시시대부터 그랬던 것 같아. 이러한 점은 공주에 있는 석장리 박물관에 가 보면 잘 알 수 있어. 사람들은 원시시대부터 연모를 사용하여 사냥도 하고 물고기도 잡고 또 음식물을 요리하기도 했단다.

그런데 눈에 보이는 그런 연모들보다 사람들에게 더 중요한 연모는 언어(말)였어. 사람에게 말이 없었다면 어찌 됐을까? 분명히 오늘날같이 잘 사는 세상을 만들지 못했을 것이야. 말이 있었기에 사람들은 정확한 뜻과 생각을 주고받으며(의사소통을 하면서) 살았을 것이야.

말은 또 모든 문화나 문명을 이루는 뿌리가 되어 주었단다. 역사, 과학, 예술 같은 것들도 말이 있었기에 가능한 일이었을 것이야. 우리가 지금 이야기하고 있는 시도 인간의 말을 가지고 만드는 것이지. 아니야. 말로 만든 문화 자료 가운데서 가장 빛나는 것이 바로 시지.

얼마 전 나는 침팬지를 연구하여 유명해진 제인 구달의 책을 읽은 적이 있단다. 그 책을 보면 침팬지는 우리 인간과 너무나도 닮은 생명체라고 하더구나. 침팬지는 우리 인간과 디엔에이(DNA: 유전인자)가 1% 조금 넘게 다르고 모두 같다고 하더구나. 뿐만 아니라 침팬지는 무리나 가족을 이루며 살기도 하고 서로가 의사소통을 하면서 산다고 하는구나.

지금까지 도구를 사용하여 무엇인가 일을 하는 생명체는 인간밖에 없는 줄 알았는데 제인 구달의 연구로 침팬지도 도구를 사용한다는 것을 처음 알아냈다는구나. 하나의 발견이지.

침팬지는 흰개미 먹이를 좋아하는데 나무줄기를 흰개미 집 구멍에 넣어 흰개미가 나무줄기를 타고 오르도록 하여 잡아먹는다는구나. 그리고 나뭇잎을 접어서 물웅덩이에 넣어 물을 떠 마시기도 한다는구나.

그런데 침팬지는 인간들과 같은 언어가 없다는구나. 이유는 사람들처럼 성대 구조가 서로 같아야 하는데 침팬지마다 성대 구조가 달라 같은 소리를 내지 못해서 그렇다는구나. 다만 침팬지는 각 침팬지마다 자기 나름대로 소리를 내서, 다른 침팬지가 알아들을 수 있도록 하여 의사소통을 한다는구나. 그러니까 그것은 언어(말)라기보다는 하나의 신호와 같은 것이겠지. 어떤 침팬지는 그렇게 내는 소리가 34가지나 된다는구나.

그렇다면 우리 인간에게 언어가 있다는 것은 매우 고마운 일이고 생명체로서 축복받은 일이란다. 선물이나 행운 같은 것이란다. 본래 우리들 언어는 인간의 삶(생활) 속에서 왔단다. 살아가면서 여러 가지로 필요한 일이 있어 언어를 만들어 낸 것이지.

언어는 하나의 약속이야. '꽃'을 보고 '꽃'이라고 부르기로 정하고 서로가 그렇게 약속하여 '꽃'을 보고 누구나 '꽃'이라고 부르게 된 것이지.

어진아. 우리가 쓰는 언어에는 두 가지가 있단다. 하나는 일상생활을 할 때 사용하는 입말(음성언어)이고 다른 하나는 책에 글자로 기록하는 글말(문자언어)이다.

우리가 학교에서 책을 읽고 글을 쓰는 것은 모두가 글말로 이루어지는 공부이지. 그만큼 글말이 중요해. 학교에 가서 공부를 한다는 것은 결국 글(문자)을 읽고 쓰는 것을 배우는 것이란다. 그것이 공부의 시작이고 끝이지.

그런데 어진아. 시를 쓸 때는 글말보다 입말이 더 중요하단다. 입말을 많이 사용해서 시를 써야 한다는 말이지. 그래야 시가 자연스럽고 부드럽고 읽는 사람에게 편하게 전달된단다. 이것을 잊으면 절대로 안 된다.

살아가면서 자연스럽게 사용하는 말들을 잘 들어 두었다가 그것들을 이용하여 시를 써야만 말과 말이 잘 어울리고 시가 더 잘 살아서 숨 쉬는 것 같은 시가 된단다.

그런 점에서 글말보다 입말이 더 힘이 세다고 할 수 있을 것이다. 이렇게 입말과 글말을 두고 볼 때 말공부의 차례를 살피면 이렇단다.

*** ①듣기 → ②말하기 → ③읽기 → ④쓰기**

(입말) (글말)

이런 것만 봐도 말공부의 기본이 입말에 있고 입말 가운데서도 듣기가 중요하다는 알 수 있을 것이다. 그러므로 좋은 글을 쓰기 위해서는 살아가면서 다른 사람들의 말을 귀 기울여 잘 들어야 한단다. 그것이 좋은 시를 쓰기 위한 바탕 공부란다.

사람의 모든 문화의 근본은 말이다. 문화는 말로부터 시작하고 말이 있었기에 가능한 것이란다. 사람이 사람인 까닭 역시 말을 사용하면서 사는 것에 있다. 맨 처음 말을 만든 것은 사람이지만 그 말이 다시 사람을 만든다고 보아야 할 것이다.

어진아. 이 말은 '사람이 책을 만들고 책이 사람을 만든다'는 말과도 같은 뜻이란다. 이를 도표로 만들어 보면 이렇다.

*** 사람 → 말(책) → 다시 사람**

4. 말 바꾸기 놀이

어진아. 네가 어려서 할머니랑 둘이서 말놀이를 하는 것을 보았다. 끝말잇기 놀이지. 가령, 할머니가 먼저 '비행기' 하고 말을 대면 네가 비행기의 끝말인 '기'가 들어가는 말을 찾아서 '기차' 하고 대는 놀이이다.

그러면 한번 할머니가 말한 '비행기'란 말을 따라서 가 볼까?

비행기(할머니) → 기차(어진이) → 차표(할머니) → 표창장(어진이) → 장군(할머니) → 군인(어진이)……

이렇게 계속해서 말을 이어 가는 놀이이다. 그러다가 끝말을 제대로 대지 못하는 사람이 지게 되는 게임이다. 이러한 말놀이도 시를 쓰기 위한 준비로서 아주 중요하다. 우리말을 보다 많이 알게 하고 우리말의 아름다움을 깨닫게 해 주는 공부가 될 것이다.

그다음 시에서 말 바꾸기 놀이를 해 보는 것도 재미있을 것이다. 가령 다음과 같은 짧은 글이 있다고 하자.

아윤아, 뭐 하니 ?

노온다

누구하고?

엄마하고

무슨 놀이?

숨기장난.

이 글에서 여러 군데를 다른 말로 바꿀 수 있을 것이다. 첫 번째는 아이 이름을 바꾸는 놀이다. '아윤아' 대신에 네가 좋아하는 친구들 가운데 한 사람 이름을 넣어 보는 것이다. '민서'란 이름으로 바꿀 수도 있고, '은지'란 이름으로 바꿀 수도 있을 것이다. 두 사람 이름은 이름의 끝 글자에 받침이 없으므로 이름 다음에 '아' 대신 '야'로 해야 한다는 것을 알기도 할 것이다.

그다음 아윤이의 대답 부분을 바꿀 수도 있을 것이다. '노온다', '엄마하고', '숨기장난'이 그것이다. 만약 첫 번째 대답을 '밥 먹는다'로 바꾸면 그다음의 대답도 바꾸어야 할 것이다.

또 묻는 말도 따라서 바꾸어야 할 것이다. 다음의 글처럼 말이다.

아윤아, 뭐 하니?

밥 먹는다

누구하고?

아빠하고

무슨 밥?

짜장면.

5. 시 쓰기 위한 준비

앞에서도 잠시 말했지만 시를 잘 쓰려면 일상생활에서(살아가면서) 다른 사람들의 말에 귀 기울여 잘 들을 줄 알아야 한다. 내가 지금 쓰고 있는 어떠한 말도 처음부터 나의 말인 것은 하나도 없다. 누군가로부터 배워 온 말이고 빌려 온 말이다.

누구의 말을 가장 많이 빌려 왔을까? 엄마가 쓰고 계신 말이다. 엄마는 태어나서 맨 처음 만난 사람이고 선생님이고 의사이고 끝까지 인생을 함께 살아가는 동행인이다.

우리가 맨 처음 배운 말은 무슨 말일까? 젖을 먹으면서 처음 내 본 소리는 '엄', '엄' 소리였을 것이다. 이 소리가 조금 더 나가면 '어엄마'가 되었을 것이다. 그러고 보니 우리가 제일 처음 알게 된 말도 '엄마'란 말이었구나.

이렇게 엄마한테 말을 배우면서 아빠한테도 말을 배우고 집안의 여러 식구한테도 배우고 나중에는 친구, 선생님한테도 배우고 낯선 사람, 이웃사람한테서도 말을 배운다.

두 번째 배우는 말은 책을 읽으면서 배우는 말이다. 책 속에는 내가 아는 말도 있지만 내가 모르는 말도 있다. 모르는 말이라고 그냥 넘어가면 안 된다. 모르는 말이 있으면 언제든지 나보다 나이 많은 사람이나 말을 잘 아는 사람에게 물어야 하고 사전을 찾을 줄 알면 사전을 찾으면서 배워야 한다.

나중에 글을 써 보면 알게 되는 일이지만 글을 쓸 때 가장 필요한 힘은 말을 많이 알고 그것을 좋은 곳에 사용할 줄 아는 힘이다. 할아버지는 보통 때 다른 사람들로부터 좋은 말을 들으면 꼭 그것을 기억해 두거나 노트에 기록해 둔다. 그랬다가 나중에 글을 쓸 때 써먹는 것이다.

간혹 사람들을 만나서 이야기할 때 옆에 있는 사람이 아름다운 말, 좋은 말을 하면 나는 이렇게 말을 한다. "말조심하세요." 그러면 그분은 매우 당황하거나 기분 나쁜 표정을 짓는다. 그러나 다음의 말을 들으면 그 얼굴은 대번에 풀리게 된다.

"그렇게 좋은 말, 아름다운 말을 쓰시면 그 말을 제가 훔쳐 갈지 모릅니다. 제가 바로 시를 쓰는 사람이거든요."

글을 쓰기 위해 해야 할 일은 아주 많다. 첫째는 마음으로 해야 할 일이다. 좋은 글을 쓰기 위해서는 항상 부드럽고 착하고 순한 마음을 가져야 한다. 무슨 일이든지 좋은 마음으로 대하고 누구하고도 좋은 마음으로 지내야 한다.

마음이 모질고 거칠고 나쁘면 좋은 생각, 아름다운 느낌이 그 사람한테 와서 살지를 않는다. 물은 낮은 데로 흘러가는 것이란다. 그처럼 아름다운 마음, 부드럽고 순한 마음의 터전에 좋은 생각이나 느낌이 찾아오는 것이란다.

그다음은 눈으로 해야 하는 일이다. 무슨 일이든 예사롭게 보지 말고 자세히 눈여겨보는 마음이 필요하다. 큰 것, 새것, 좋은 것만 눈여겨보지 말고 작은 것, 오래된 것, 낡은 것도 눈여겨보아야 한다. 그렇게 자세히 눈여겨보면 남들이 보지 못하는 것들을 보게 될 것이다. 그래서 새로운 것, 놀라운 것을 많이 찾아내게 될 것이다. 이것이 또 시를 불러오는 지름길이 된다.

그다음은 귀로 하는 일이다. 역시 자세히 귀 기울여 들을 줄 아는 것이 중요하다. 큰 소리만 듣는 것이 아니라 작은 소리, 숨겨진 소리를 들을 줄 알아야 한다. 가까운 소리도 듣지만 멀리서 들리는 소리도 들을 줄 알아야 한다. 그렇게 되면 역시 새롭고 좋은 생각이나 느낌을 찾을 수 있을 것이다.

마지막으로 해야 하는 일은 중요한 것을 메모하고 기록하는 일이다. 그것을 습관으로 가지는 것이 좋겠다. 언뜻 떠오르는 좋은 생각이 있으면 미루지 말고 곧바로 종이에 적어 두어야 한다. 이러한 버릇과 태도는 시 쓰는 사람의 기본적인 태도와 자세라 할 것이다. 이렇게 메모하고 기록하는 습관을 일기 쓰기로 발전시키는 것도 좋을 것이다.

6. 시, 어떻게 쓰나

어진아. 할아버지처럼 시를 오랫동안 쓴 사람이라도 해도 막상 시를 쓰려고 하면 막막하고 두려운 마음이 드는 게 사실이란다. 그만큼 시 쓰기가 쉽지 않다는 말이지. 왜 그렇겠니?

시를 쓴다는 것은 어딘가에 나와 있는 글을 베끼거나 단순하게 글씨를 쓰는 작업이 아니고 새로운 글을 만들어 내는 일이기 때문에 그렇단다. 새롭게 만들어 낸다는 것! 창조한다는 것! 어떤 것이든 새롭게 만드는 일(창조)은 쉽지 않다는 것을 너도 알겠지.

무엇이든 만들 때에는 재료가 있어야 하겠지. 시 쓰는 데에 필요한 재료는 우리가 날마다 살아가면서 사용하는 말(언어)이다. 그래서 시를 언어로 만든 예술작품, 언어예술이라고 부른단다. 그렇지만 시의 알맹이가 되는 것은 우리들의 마음이란 것이지. 이 마음을 조금 더 자세하게 말해 보면 그것은 느낌이고 감정이고 생각이란 것이다.

사람의 느낌과 감정과 생각은 눈에 보이지 않는 것이다. 마음속에 있는 것으로 모양도 없고 색깔도 없고 소리도 없단다. 그렇지만 없는 것이라고 말하기는 어렵다. 분명히 마음 한가운데 있는 것들이다. 이것을 밖으로 데리고 나와야 한다.

그러기 위해서는 옷이 필요하다. 왜 그런가? 느낌과 감정과 생각은 알몸이어서 매우 부끄럼을 타기 때문이란다. 부끄럼이 많은 마음을 밖으로 데리고 나오는 데 필요한 옷이 바로 언어이다.

이와 같이 시를 쓰는 데 필요한 재료는 두 가지라고 볼 수 있겠다. 하나는 언어이고 또 하나는 마음이다. 우리는 앞에서 마음이 사람의 몸이라면 언어는 옷이라고 했다. 이것을 '물이 담긴 그릇'으로 본다면 언어는 그릇이 될 것이고 마음은 물이 될 것이다.

물과 그릇. 그렇겠구나. 세상 모든 것에는 물과 그릇이 있겠구나. 물은 그릇에 담지 않으면 흘러내리고 만다. 그것처럼 마음을 언어로 나타내지 않으면 사라지고 만다. 사라지고 마는 마음을 말로 나타내는 것이 바로 우리들의 시 쓰기란다.

시를 쓸 때는 어떻게 하든 글의(문장의) 길이를 짧게 써야 한다. 그리고 읽는 사람이 이내 알 수 있도록 쉬운 표현으로 써야 한다. 이것이 바로 시 쓰기의 어려움이란다. 더구나 시 쓰는 재료의 한 가지가 마음이라는 데 더 큰 어려움이 있지.

마음이란 것은 내 마음이기 때문에 나만 아는 그 무엇이란다. 나만 아는 마음을 어떻게 다른 사람이 알게 할 것인가. 이것이 또 어려움이지. 그러기 위해서는 '이것'을 '저것'으로 나타내 주는 수밖에 없다. '이것'은 내 마음이다. 나만 아는 내 마음이다. 그리고 '저것'은 언어이다. 우리가 쓰는 말이다.

어진아. 네가 어느 날 혼자 집에 있었다고 하자. 집에 돌아왔는데 엄마 아빠가 아직 퇴근하지 않아서 혼자서 심심했다고 하자. 그때 네 마음을 어떻게 표현했으면 좋겠니?

①나는 지금 혼자다		②어느 날 학교 운동장에서		③나는 지금
마음이 쓸쓸하다	→	친구와 함께 개미를 보았다	→	넓은 운동장의
우리 집 거실이 넓다		개미는 한 마리였다		개미 한 마리
		개미가 외로워 보였다		
①		②		③
나		→ 개미, 친구		→ 시
우리 집 거실		→ 학교 운동장		→ 거실의 나
지금		→ 어느 날		→ 다시 지금

※ ① + ② = ③

어진아. 어떠냐? ①은 나의 마음과 나의 형편(이것)이다. 그리고 ②는 친구도 아는 일이고도 말(저것)이다. ③은 마음을 말로 바꾼 표현이다. 시란 이렇게 나만 아는 마음과 형편(①)을 다른 사람도 아는 일과 말(②)로 바꾸어 나타내는 일(③)이란다.

어진아, 이런 마음의 흐름을 할아버지가 시로 써 보면 다음과 같다. 너도 한번 소리 내어 읽어 보렴.

개미

햇빛 쨍쨍
환한 대낮

우리 학교
넓은 운동장

개미가
기어간다

개미는
혼자다

나도 혼자다

7. 정지상의 시 쓰기

어진아. 이제부터는 실지로 시를 어떻게 쓰는지 알아볼 차례이다. 우선은 다른 사람들이 어떻게 썼는지 알아보기로 하자. 정지상이란 분은 고려시대에 살았던 분으로 우리나라에서 한자로 시를 가장 잘 썼던 분이다. 한자로 쓰는 시니까 중국의 시(한시)지.

정지상이 일곱 살 나이였다고 한다. 어느 날씨가 좋고 환한 날, 어른들은 대동강에 배를 띄우고 시 쓰는 모임을 가졌단다. 그런 모임을 '시회'라고 불렀다고 하는구나. 그 시회에 어린 나이의 정지상도 끼어 있었단다. 다른 어른들은 시를 짓기 위해서였지만 정지상은 어린아이니까 그냥 놀기 위해서 배를 탔던 것이지.

이윽고 어른들이 붓을 들어 종이에 시를 쓰는 시간이었단다. 그때 정지상이 어른들에게 붓과 종이를 달라 해서 시를 썼단다. 일곱 살 먹은 아이의 글이다. 시를 읽은 어른들이 모두 놀라고 말았단다.

누굴까?

놀라운 솜씨로

강물 위에

乙(을), 乙(을), 乙(을) …

새을 자를

그려 놓고 간 사람

알고 싶다.

— 정지상, 「새」

*乙: 을. '새을'이라는 한자. 글자 이름은 '을'이고 뜻은 '새'이다.

*원래(처음)의 시: 하인파신필(何人把神筆)/ 을자사강파(乙字寫江波)

한자는 중국 사람들의 글자로, 소리글자가 아니고 뜻글자이다. 그리고 물건의 모양(형상)을 본떠서 만든 상형문자다. 그래서 글자마다 글자를 읽는 음이 있고 글자의 훈이란 것이 있다. '음'은 글자를 읽는 소리(글자 이름)이고 '훈'은 그 글자의 뜻(의미)이다. 위의 글에 나오는 한자 '乙'의 소리는 '을'이고 뜻은 '새'이다. 그래서 '새을'이라고 읽는다.

어린 정지상이 강물 위에 떠 있는 새를 보는 순간 자기가 알고 있는 글자 하나를 떠올렸던 모양이다. '아, 정말로 새의 모양이 내가 아는 글자, 새을(乙) 자와 같네.' 이런 생각과 느낌(강한 느낌)이 위와 같은 시를 쓰게 했을 것이다.

'시는 말로 그리는 그림'이란 말이 있단다. 어떠냐? 정지상의 시를 읽어 보니 마음속에 그림 한 장이 떠오르지 않니? 이처럼 옛날에도 정지상 같은 사람은 어린 시절부터 시를 짓는(시를 쓰는) 힘을 지니고 있었단다.

8. 하나만 다른 것

이번에는 일본의 시인 하이쿠를 예로 들어서 시를 어떻게 썼는지 알아보자. 우리나라에 시조라는 시의 형식(틀)이 있듯이 일본에는 하이쿠란 시의 형식이 있단다. 세계 사람들한테 가장 짧은 형식으로 알려진 시다. 하이쿠는 한 편의 시가 글자 수로 따지면 17자로, 시의 제목도 없고 행이나 연의 구분도 없이 오직 한 줄로 된 시이다.

하이쿠 가운데 미국사람들이 가져다가 자기네 초등학교 학생들에게 시쓰기의 자료로 가르치는 시가 한 편 있다. 료타란 사람의 하이쿠이다.

말이 없었다 손님도 주인장도 흰 국화꽃도

미국사람들은 자기네 아이들에게 이 시를 이렇게 가르친다는구나.

위의 시에는 세 가지가 있습니다. 잠자코 있는(말이 없는) 세 가지입니다. '주인장'과 '손님' 그리고 '흰 국화꽃'. 그러나 이 가운데 두 가지는 말을 할 줄

알고 한 가지는 말을 할 줄 모릅니다. 여러분도 한번 세 가지 가운데 한 가지만 다르게 시를 써 보세요.

이렇게 시를 본떠서 다르게 써 보는 것을 우리는 '패러디'한다고 말한다.

나에겐 친구가 셋 있다
제인과 셀리와
단풍나무와

그럴듯한 패러디 시이다.(하이쿠는 한 줄로 된 시지만 여기서는 세 줄로 나누어 적었다.) 이 시 속에 나오는 둘은 사람이고 실지로 친구이지만, 단풍나무는 나무이고 친구가 아니다.

그렇지만 이렇게 시로 써 놓고 보니 제인과 셀리라는 두 친구가 더욱 정다운 느낌이 들고 꿋꿋한 마음이 든다. 그것은 하나만 다른 것으로 정답고 꿋꿋한 단풍나무를 그 끝에 가져왔기 때문이다.

그러면 우리도 세 가지 가운데 하나만 다른 것을 예로 들어서 시를 패러디해 보기로 하자. 우선 위의 시에 나오는 친구들의 이름이 외국 이름이니까 네 친구들의 이름으로 한번 바꾸어 보렴.

나에겐 친구가 셋 있다
은서와 채민이와

강아지와

그리고는 또 다른 시를 생각해 보기로 하자.

나에겐 보물이 있다
엄마와 아빠와
컴퓨터와

이렇게 쓰면 엄마와 아빠는 컴퓨터처럼 재주 많고 편리한 엄마 아빠가 된다.

나에겐 보물이 있다
엄마와 아빠와
냉장고와

이번에는 '컴퓨터' 자리에 '냉장고'를 썼기 때문에 엄마와 아빠는 냉장고처럼 나에게 먹을 것을 잘 마련해 주는 보물이 된다. 아래와 같이 패러디를 할 수도 있을 것이다.

오늘 친구를 만났다
영이와 숙이와
제비꽃과

조금 더 어른스럽게 발전시키면 이렇게 쓸 수도 있겠다.

봄이 오면 꽃이 핀다

산에 들에

엄마 얼굴에

9. 민애의 시 쓰기

어진아. 너도 아는 것처럼 민애는 너의 고모의 이름이다. 너의 아빠가 할아버지의 아들이니까 아빠의 여동생인 고모는 할아버지의 딸이지. 너의 고모에게도 어린 시절이 있었단다. 그것을 잘 알고 있고 기억하고 있는 사람이 바로 할아버지야. 너의 고모는 어려서부터 예쁘고 영리한 사람이었단다. 그래서 할아버지의 사랑을 많이 받으면서 자랐지.

너의 고모 민애가 세 살에서 네 살 때의 일이다. 민애는 말을 일찍 배워 귀여운 말을 잘 했단다. 방에 누었을 때 천장에 있는 형광등을 보고 있다가 심심하면 이런 말을 하기도 했다.

"아빠, 내 눈으로 불 껐다."

이것은 제 눈을 감으니 형광등 불빛이 보이지 않는 것을 그렇게 말한 것이란다. 약간은 엉뚱한 말이지. 민애는 다른 엉뚱한 말을 하기도 했단다.

'다리카락'

'까만 우유'

'다리카락'은 아빠의 다리에 난 터럭(털)을 보고 한 말이고 '까만 우유'는 초코 우유를 보고 한 말이다. 모두가 제가 지어낸 말이지. 이렇게 어린아이는 보고 듣는 많은 것들이 신기하니까 재미있는 생각을 하게 되고 또 이것을 표현하기도 한단다.

시란 이렇게 조금은 엉뚱하고 재미있게, 새롭게 사물(사건과 물건)을 보는 데서 시작되는 것이란다.

아빠, 자동차들이
꽁지에 불을 켜고
막 달려가네.
— 나민애, 「밤거리」

이담에 나 크면
꼭지 없는 차 타고
집에 올 거야.
— 나민애, 「택시」

어진아. 할아버지는 젊어서부터 몸이 건강한 사람이 아니어서 병원을 자주 다녔고 병원에 입원하여 수술을 받을 때도 있었단다. 할아버지가 입원하여 수술을 받을 때는 너의 아빠와 너의 고모만 집에서 있기도 했단다. 너의 아빠는 여덟 살. 너의 고모는 여섯 살. 물론 밥은 이웃에 사는 교회 목사님의 사모님한테 부탁하여 먹게 했지만 지금 와서 생각해 보면 아이들한테 참 미안한 일이지.

너의 아빠는 그때 초등학교 1학년이었고 너의 고모 민애는 유치원에 다니고 있었지. 유치원에 갔다 와서 집 안에 아무도 없으니까 민애는 마을의 교회에 가서 노는 날이 많았단다.

교회에서 혼자 놀다가 심심하면 그 앞에 있는 개울 다리 위에 앉아 햇빛을 쪼이며 놀기도 했단다. 그때 민애는 너무나도 심심하여 노래를 지어서 부르기도 했단다. 그것은 민애가 당시 알고 있던 만화영화 「들장미 소녀 캔디」의 주제가 곡조에 맞추어서 부른 노래란다.

착한 아이는
울지 않는다

엄마 없어도
울지 않는다

아빠 없어도
울지 않는다

혼자 있어도
울지 않는다.
— 나태주, 「민애의 노래」

이것은 내가 병원에서 퇴원하여 집에 돌아왔을 때, 너의 고모 민애가 들려준 노래를 받아서 쓴 시란다. 어쩌면 나의 시라고 볼 수도 없는 글이지. 너의 고모가 불러 주는 그대로 받아 쓴 글이니까 말이다. 이렇게 너의 고모는 여섯 살 때 벌써 한 사람 시인이었단다.

10. 바다를 보고 온 아이

여기 한 아이가 있다고 하자. 어진이 너만큼인 아이라 하자. 아니, 너라고 하자. 그 아이가 사는 곳은 산골 마을, 시골 소도시이다. 산을 많이 보고 들판도 보고 강물도 보았지만 바다는 한 번도 보지 못한 아이이다. 그 아이가 어느 날, 선생님과 친구들이랑 바닷가로 수련회를 갔다고 하자.

바다는 동해 바다다. 처음 보는 바다다. 바다는 넓고 크고 멀리까지 보인다. 물로 가득 찬 바다가 출렁이는 것을 보고 아이는 놀란다. 아, 가슴이 확 열리면서 마음이 먼 데까지 가는 것 같은 느낌을 받는다.

그 마음을 받아 하늘에 갈매기도 몇 마리 떠서 날아다니고 있다. 바다는 한순간도 그냥 있지를 않는다. 출렁인다. 파도가 친다. 파도는 먼 수평선에서부터 달려온다. 처음에는 자그맣게 보이다가 가까이 올수록 커진다. 파도 넘어서 또 파도. 또 파도. 파도는 하나가 아니고 여러 개다. 아주 많은 파도다.

아이는 모래밭에 서서 파도를 본다. 파도는 아이가 서 있는 모래밭 가까이 와서 크게 한 번 솟구치더니 쓰러진다. 쓰러져 바닥에 깔리고 만다.

스르르 철썩. 스르르 철썩. 마치 파도가 죽는 것처럼 보인다.

멀리 수평선에서부터 파도가 생겨서 이쪽으로 올 때는 마치 말이 뛰어오는 것 같다. 한 마리가 아니다. 수백 마리다. 아니다, 수천 마리다.

이것을 보고 집으로 돌아온 아이가 엄마에게 바다 이야기를 들려준다.

"엄마, 엄마. 저기 있잖아요. 바다가 마치 살아서 움직이는 커다란 짐승 같았어요. 거기에 파도가 있었는데요. 파도는 먼 수평선에서부터 수백 마리의 말처럼 떼를 지어서 달려왔어요. 말굽을 들고 앞으로, 앞으로 달려왔어요. 그런데 그 말들은 내가 서 있는 모래밭 가까이 와서는 죽었어요. 모두가 죽어서 물이 되고 말았어요."

이 아이의 말을 조금만 더 가지런히 정리하여 글로 쓰면(문장으로 만들면) 바로 시가 된다. 할아버지가 한번 시로 바꾸어 써 볼 테니까 네가 천천히 읽어 보기 바란다.

바다는 살아 있는 커다란
한 마리 짐승
멀리서부터 파도가 밀려온다

파도는 수없이 많은 말의 떼
한 마리 두 마리가 아니라
수백 마리 수천 마리

말들은 떼를 지어 말굽을 들고
나에게 달려온다

쏴, 쏴, 쏴,
말들은 모래밭에서
한꺼번에 쓰러져 죽는다.
— 나태주, 「동해 바다」

11. 눈사람 시

어진아. 지난번 눈이 많이 내린 날, 엄마와 함께 네가 눈사람을 하나 만들었다고 하자. 그 눈사람을 마당에 세워 놓고 이런 시를 썼다고 하자.

마당에 내가 만든
눈사람

방안에서 엄마와
짜장면 먹을 때

함께 들어와
먹자고 한다.

이 시를 읽어 보면 다음과 같이 몇 가지를 느낄 수 있고 또 알 수 있다.

①눈사람을 만들었다는 것

②눈사람이 마당에 있다는 것

③엄마하고 방 안에서 짜장면을 먹고 있다는 것

다음은 너의 마음이고 느낌이다.

①눈사람을 마치 사람처럼 여기고 있다는 것

②짜장면을 같이 먹고 싶어 하는 마음

이렇게 시를 읽으면 그 사람이 한 일을 알 수 있고 그 사람의 마음을 짐작할 수 있다. 이것은 오로지 말이 하는 일이다. '눈사람'이란 말은 네가 만든 눈사람과는 하나도 닮지 않았다. 눈사람이란 말 속에는 눈사람이 들어 있지 않다.

그렇지만 눈사람이라고 쓴 글자를 읽으면 대번에 눈으로 만든 사람 모형이 떠오르게 된다. 우리가 서로 '눈으로 만든 사람 모형'을 '눈사람'이란 말로 부르자고 약속했기 때문이다. 그렇다. 말은 하나의 약속이다. 말을 받아서 쓰는 글자도 약속이다. 이러한 약속이 사람과 사람 사이의 마음과 생각을 서로 알게 해 주고 또 전해 준다.

이 시를 네가 아는 친구에게 읽어 주었다고 하자. 그러면 그 친구는 제가 아는 말로 이 시를 이해한다(알게 된다). '마당, 눈사람, 방 안, 엄마, 짜장면' 이런 낱말들을 이해하고 거기에 따르는 행동이나 마음을 또 이해한다. 이것은 오로지 말과 글자가 하는 일이다. 그렇게 말과 글자는 중요하다.

그렇지만 눈사람을 실지로 만들어 보지 않았다면 이런 마음과 느낌을 알지 못하고 짐작도 못한다. 더구나 한 번도 눈사람을 보지 못한 아이라면 이 시의 내용을 알 길이 없을 것이다. 아마도 어린 나이에 엄마 아빠를 따라서 눈이 내리지 않는 나라로 이민 가서 살았던 아이라면 그럴 것이다.

그렇게 우리가 살면서 무슨 일인가를 해 보는 것은 중요하다. 실지로 무슨 일을 해 보거나 느끼는 것을 '경험'이라고 부른다. 시를 쓰기 위해서는 말이나 글이 중요하지만 이러한 경험도 중요하다.

말과 글자, 그리고 무슨 일을 해 보는 경험, 이 두 가지는 시를 쓰기 위한 가장 중요한 밑바탕이 된단다. 이런 것을 네가 알면 시를 쓰는 데 조금 더 도움이 될 것 같구나.

12. 너도 그렇다

자세히 보아야 예쁘다

오래 보아야 사랑스럽다

너도 그렇다.

—나태주, 「풀꽃·1」

할아버지는 시를 오랫동안 많이 쓴 시인이다. 창작시집만 해도 39권을 냈으니까 엄청나게 많은 시집을 낸 셈이다. 그런데 사람들은 그 많은 시들 가운데서 유독 「풀꽃」 시 하나만을 기억해 준다. 섭섭한 일이지만 어쩔 수 없는 일이다. 「풀꽃」 시가 마치 나의 대표작처럼 되어 버렸다.

하기는 시인의 대표작은 시인이 직접 결정하는 것이 아니라 시를 읽는 독자들이 결정해 주는 것이다. 독자들이 좋아하고 사랑해 주면 시인의 대표작이 되는 것이니까 말이다. 이제는 아예 나를 보고 '풀꽃 시인'이라 부르기도 한다.

문학 강연을 할 때 독자들로부터 질문을 받는데 가장 많은 질문이 또

「풀꽃」 시에 관한 것이다. 첫 번째가 누구를 위해서 써 준 시냐는 질문이다. 사랑하는 사람을 위해서 쓴 시냐고 묻기도 한다. 대답은 '아닙니다.'이다.

이 시는 내가 초등학교 교장선생님으로 일을 할 때 아이들을 위해서 쓴 시이다. 아이들이라 해도 말을 잘 듣고 공부 잘하는 아이들이 아니다. 말을 잘 안 듣고 공부도 시원찮은 아이들을 위해서 써 준 시이다.

때는 2002년도, 내가 공주에 있는 한 시골학교 교장선생님으로 있을 때이다. 당시 그 학교에는 목표일마다 두 시간씩 특기적성교육이란 공부시간이 있었다. 3학년부터 6학년까지 아이들을 통틀어서 자기 적성 혹은 취미나 흥미에 따라 반을 새롭게 정해서 공부하는 시간이었다. 그리기반, 태권도반, 컴퓨터반, 합창반. 그런 반들이 있었을 것이다.

그런데 그 어떤 반에도 들어가지 않는 아이들이 있었다. 어쩔 수 없이 그 아이들을 내가 맡아서 가르치기로 했다. 아이들을 모두 교장실로 모았다. 교장실에 오르간을 가져다 놓고 노래도 부르고 동화책을 사다 놓고 그것을 읽기도 하고 옛날이야기도 들려주고 글짓기도 하고 그러면서 시간을 보냈다.

그러나 아이들은 나하고 하는 공부를 좋아하는 것이 아니라 점점 싫어했다. 노래도 옛날이야기도 동화책 읽기도 글짓기도 재미없다는 것이었다. 이걸 어쩌나? 생각 끝에 나는 아이들을 데리고 학교 정원으로 데리고 나가 풀꽃 그림 그리기를 시키기로 했다.

"얘들아, 이제부터 여기서 교장선생님과 함께 풀꽃 그림 그리기 공부를 하자."

“교장선생님, 어디에 풀꽃이 있어요?”

“그래, 너희들이 그냥 보면 아무런 꽃도 보이지 않을 거야. 우선 풀꽃을 보려면 서 있지 말고 땅에 주저앉아야 된단다. 그런 다음 풀을 잘 들여다보아야 한단다. 그러면 풀들 속에 꽃이 보일 것이다. 풀꽃은 가꾸어 주는 사람도 없고 예뻐해 주는 사람도 없어 풀밭에서 제멋대로 피는 꽃이다. 크기도 크지 않고 빛깔도 화려하지 않다. 그렇지만 자세히 보면 예쁘고 오래 보면 사랑스럽단다.”

아이들은 내 말이 끝나기도 전에 흩어져 제가끔 자리를 잡고 그림을 그리기 시작했다. 나도 아이들 곁에서 풀꽃 한 송이를 골라 그림을 그려 보기로 했다. 나는 풀꽃 그림 그리기를 하면 하나의 풀꽃을 정하여 그 꽃을 정말로 자세히 보고 오랫동안 들여다본다. 그러다가 천천히 풀꽃의 선이 나타나면 그것을 종이에 옮겨 그리기 시작한다.

그것은 매우 조심스럽고 느린 작업이다. 그렇게 한 장의 그림을 완성하려면 시간이 많이 걸린다. 내가 그림을 한참 그리고 있는데 아이들이 나를 찾아왔다.

“선생님, 풀꽃 그림 다 그렸어요.”

그림 그리던 연필을 놓고 아이들이 내미는 그림을 보면서 나는 그만 놀라고 말았다. 아이들이 그린 풀꽃 그림들은 전혀 풀꽃을 닮아 있지 않았기 때문이다.

“아이, 이 녀석들아. 풀꽃 그림을 이렇게 그리면 어떻게 해! 전혀 풀꽃과 안 닮았잖니?”

정말로 아이들의 풀꽃 그림은 풀꽃과 닮아 있지 않았다. 그것은 아이들이 제 마음속에 있는 꽃에 대한 생각을 쓱싹 그렸기 때문이다.

머릿속의 생각과 실지의 모습은 다르다. 그것을 알아야 한다. 그러기 위해서는 자세히 보고, 오래 보아야만 한다. 나는 아이들을 붙잡고 잔소리를 했다.

"얘들아, 풀꽃 그림을 잘 그리려면 우선 자세히 보아야 하는 거란다. 그러면 풀꽃들이 예쁘게 보인다. 그리고 오래 보아야 하는 거란다. 그러면 풀꽃들이 또 사랑스럽게 보이는 거란다. 알겠니?"

"네."

아이들은 아이들이다. 역시 순하고 사랑스럽다. 어른의 잔소리를 듣고서도 '네'하고 대답하는 아이들이 얼마나 예쁘고 사랑스러운가! 여기서 나의 마지막 말이 나온다.

"그래, 그건 너희들도 그렇단다."

아이들과 함께 그렇게 풀꽃 그림 그리기 공부를 하고 나서 나는 아이들이 내준 풀꽃 그림들을 모아 가지고 교장실로 돌아왔다. 교장실 책상 위에 아이들의 풀꽃 그림들을 내려놓고 아까 아이들과 함께 했던 말들을 생각하며 글을 써 봤다.

이야기한 그대로의 시이다. 글말(문자언어)로 쓰인 글이 아니고 입말(음성언어)로 쓰인 글이다. 아마도 사람들이 유독 이 시를 좋아하는 까닭은 이렇게 실지 생활에서 있었던 일을 글말체가 아니라 입말체로 써서 그렇지 않나 싶다.

13. 아, 이것은 비밀

이름을 알고 나면 이웃이 되고

색깔을 알고 나면 친구가 되고

모양까지 알고 나면 연인이 된다

아, 이것은 비밀.

— 나태주, 「풀꽃·2」

이 시도 풀꽃 그림 그리기와 연결된 작품이다. 풀꽃 그림을 자주 그리다 보니 풀꽃 이름을 잘 알아야 했다. 아니 풀꽃 이름을 아는 것부터가 먼저였다.

사람도 그렇다. 이름을 알게 되면 그 사람과 훨씬 가까워진 느낌이 든다. 많은 사람 가운데서 내가 이름을 알고 있는 오직 한 사람이 된다.

이것은 풀꽃한테도 마찬가지다. 이름을 알게 되면 풀꽃은 그냥 풀꽃이 아니고 그 어떤 풀꽃으로 바뀐다. 민들레꽃, 제비꽃, 개망초꽃… 그렇게 이름을 가진 풀꽃 말이다. 이렇게 되면 누군가 한 사람, 이름을 아는 사람이 나에게 정다운 이웃이 되는 것처럼 풀꽃도 우리에게 정다운 이웃이 된다.

더 나아가 풀꽃의 색깔을 알게 되면 그 풀꽃은 더욱 정다워지고 좋아지고 의미를 갖게 된다.

민들레꽃 → 노랑색(민들레꽃에는 흰색도 있다.)

제비꽃 → 보랏빛(제비꽃에는 흰색이나 노랑색 제비꽃도 있다.)

개망초꽃 → 흰색

그래서 이웃의 친구와 같이 풀꽃과 더욱 가까워진 느낌이 든다. 이러한 생각과 느낌은 더욱 앞으로 나아간다. 바로 풀꽃 그림을 그리면서 생기는 것이다.

연필로 종이에 풀꽃, 그러니까 하나의 풀꽃을 그리다 보면 풀꽃의 생김새를 확실하게 알게 된다. 그냥 머리로 아는 것이 아니라 내 손과 눈을 통해서 내 마음이 아는 알음이다. 풀꽃이 내 몸속으로 들어왔다가 밖으로 나와 종이에 그려진다는 것을 느낌으로써 실감 있게 느끼는 그런 알음이다.

그래서 한 개의 풀꽃은 그냥 풀꽃에서 이웃으로 바뀌고 친구로 바뀌었다가 다시 연인으로 바뀐다. '연인'은 서로 사랑하는 사람을 가리키는 말이다. 이것은 참 놀라운 변신이다. 여기서 마지막 구절이 튀어나온다.

'아, 이것은 비밀!' 비밀은 남들이 모르는데 나만 아는 그 무엇을 말한다. 왜 비밀인가? 그저 그렇고 예쁘지도 않고 사랑스럽지도 않은 풀꽃이 이웃→친구→연인으로까지 바뀌었으니 놀라운 일이고 비밀이라는 것이다. 이런 기쁨을 나만 알기 때문에 더욱 비밀이라고 말하는 것이다.

「풀꽃·2」 역시 입에서 나오는 대로 말로 쓴 시이다. 다시 말하자면 입말로 쓴 시이다.

14. 기죽지 말고 살아 봐

기죽지 말고 살아 봐

꽃 피워봐

참 좋아.

— 나태주, 「풀꽃·3」

어진아. 너한테 이 시에 대해서 이야기하려고 하니 망설여지는 마음이 있다. 왜 그러냐 하면 바로 이 시가 너를 위해서 쓴 시이기 때문이란다.

네가 세 살 때 가을철이었을 것이다. 공주의 할아버지네 집에 네가 왔었다. 물론 너의 아빠를 따라서 왔었지. 함께 놀아 달라고 조르는 너를 데리고 할머니가 아파트 밖으로 나가 동네 골목길을 산책했다고 하더구나. 산책하면서 할머니가 너한테 풀꽃 몇 송이를 꺾어서 주었던 모양이다. 너는 그 풀꽃들을 정성스럽게 손에 쥐고 집으로 돌아왔었다.

"할아버지, 할머니가 꽃을 꺾어 주셨어요."

"그래, 그랬구나."

풀꽃을 들고 서 있는 너의 모습이 너무 귀엽고 사랑스럽게 보였단다.

"어진아. 그 풀꽃 버리지 말고 꽃병에 꽂자."

나는 조그만 꽃병을 가지고 와서 거기에 물을 담고 어진이한테서 풀꽃을 받아 꽃병에 꽂았다. 할아버지는 꽃병에 꽂힌 풀꽃과 어진이를 번갈아 보았다.

할아버지의 나이는 벌써 예순여덟 살. 어진이의 나이는 겨우 세 살. 할아버지와 어진이는 나이 차이가 너무도 많다. 세상을 함께 살날이 많지 않다. 할아버지가 어진이를 위해서 무슨 일을 해 줄 수 있을까? 해 줄 만한 일이 마땅하게 없을 것만 같았다. 할아버지가 세상에 없는 날에도 우리 어진이가 잘 살면 얼마나 좋을까?

사람이 잘 산다는 것은 식물이 자라서 꽃을 피우는 것과 같다. 모든 식물은 자라서 꽃을 피운다. 우리 어진이도 식물처럼 잘 자라서 제가 피우고 싶은 꽃을 피우면 얼마나 좋을까?

그런 생각과 바람이 「풀꽃 · 3」을 쓰게 했단다. '어진아, 부디 기죽지 말고 살아라.', '잘 살아서 너도 네가 피우고 싶은 너의 꽃을 피워 보아라.', '그러면 얼마나 좋겠니!' 이런 생각들을 조금 다듬고 간추려서 쓴 시가 바로 「풀꽃 · 3」이다.

이렇게 시란 것은 마음속의 소망을 짧고 간결한 문장으로 표현해 내는 글이란다. 아마도 그 즈음이었을 것이다. 어진이 너와 할아버지가 나눈 말을 그대로 적어 놓은 글이 한 편 더 있어서 여기에 옮겨 본다.

시란 또 이렇게 서로가 이야기한 말을 옮겨 적은 글이기도 하단다. 한 번 소리 내어 읽어 보아라. 너는 지금 기억을 하지 못하겠지만 이 글을 통해서 어린 손자와 나이 든 할아버지가 주고받는 말과 그 분위기를 짐작할 수 있을 것이다.

어진아 어진아
유아원에서
누가 제일 좋아?
황 선생님
왜 좋아?
잘해주니까.
— 나태주, 「세 살」

15. 시 쓰는 차례

이제는 더 이상 미루지 말고 실지로 시 쓰는 이야기를 해야겠구나. 실지로 시를 써 보기. 그것은 쉬운 일이기도 하고 어려운 일이기도 하다.

어진아. 할아버지는 학교 교실 안에서 정해진 시간에 학생이 선생님의 지도를 받아 시 쓰기 공부를 하는 것을 그다지 좋다고 생각하지 않는다. 시 쓰기는 그렇게 억지스럽게 되는 일이 아니고 매우 자연스럽게 되는 일이기 때문에 그렇다.

시 쓰기는 마음속에서부터 '울컥'하고 솟구쳐 오르는 느낌(감정)이 없으면 안 된다. 느낌, 감정 그것은 억지로 되는 것이 아니다. 어떤 때, 어떤 곳에서, 어떤 일로 마음이 자극을 받아야만 일어나는 것이다.

그러기에 할아버지는 일상생활을 하다가 문득 솟구쳐 오르는 감정이 있을 때 그것을 받아서 시를 쓰라고 권하고 싶다. 이렇게 시를 쓰다 보면 거친 감정도 가라앉게 되어 살아가는 데 도움을 주기도 할 것이다.

1. 마음 들여다보기

시 쓰기를 할 때 제일 먼저 해야 할 일은 자기 마음을 들여다보는 일이다. 사람의 마음은 고요한 호수나 세찬 물이 흐르는 개울물과 같다. 사람의 마음이 고요한 호수라면 그 바닥이 들여다보일 것이다.

거기에는 물고기가 놀고 있을 것이고 물풀이 자라고 있을 것이고 또 조약돌이 있기도 할 것이다. 그걸 조심스럽게 건져 올리는 일이 바로 글쓰기이다.

또 사람의 마음이 세찬 물이 흐르는 개울물이라면 개울물을 거슬러 오르는 물고기가 있을 것이고 또 튀어 오르는 물방울이 있을 것이다. 이 물고기와 물방울에 눈길을 주는 것이 또 시 쓰기이다.

2. 첫 문장 떠올리기

시 쓰기에서 그다음으로 중요한 일은 시의 첫 문장을 떠올리는 일이다. '시의 첫 문장은 신이 주시는 선물이다.'란 말이 있다. 그만큼 시의 첫 문장을 떠올리기가 쉽지 않다는 이야기이다.

억지로 되는 일이 아니다. 마음속으로부터 불쑥 주먹이 솟아오르듯이 솟아오르는 말이 있어야 한다. 그 말은 내 마음대로 되는 말이 아니다. 나 자신도 모르게 나오는 말이다. 마치 그것은 외마디 소리와 같고 고함 소리와 같고 한숨 소리와도 같은 말이다.

그러기에 정해진 공부 시간에 시 쓰기가 억지로 되는 것이 아니라는 이야기다. 할아버지는 50년 가까이 시를 써 온 사람이지만 언제든지 시의 첫 문장을 떠올리기에 성공했을 때 시 쓰기가 잘 된다는 것을 알고 있다.

3. 첫 문장 따라가기

그다음은 첫 문장 따라가기이다. 첫 문장이 떠오르면 그 첫 문장을 조심스럽게 따라가야만 한다. 첫 문장이 첫 번째 디딤돌이라면 그 디딤돌을 딛고 다음 디딤돌이 생기기를 기다려야 한다. 한참을 기다리고 있으면 그다음 문장이 떠오를 것이다.

두 번째 문장이 쉽게 떠오르지 않으면 첫 문장을 소리 내어 읽어 보는 것도 하나의 방법이다. 한 번만 읽는 것이 아니라 여러 번 소리 내어 읽어 본다. 그러면 자연스럽게 그다음의 문장이 따라와 줄 것이다. 이때 조심할 것은 첫 문장 외에 다른 생각을 하지 않는 것이다.

다른 생각과 느낌이 첫 문장에 대한 생각과 느낌을 방해하지 않도록 주의를 해야 한다. 이것은 일종의 정신집중으로 마음을 한곳에 모으는 노력이 필요하다. 이때 중요한 것은 한 생각이나 느낌에서 다른 생각과 느낌으로 이어 가거나 변모해 가는 마음의 힘이다.

이것을 어려운 말로 '연상'이라고도 한다. '연상'이란 말은 하나의 생각에 다른 생각이나 비슷한 생각을 이어서 하는 것을 말한다. 시를 잘 쓰는 사람은 특히 연상을 잘하는 사람이라고 말할 수 있다. 연상이 잘 되면 상상으로 발전하기도 한다.

4. 순서에 따라 행과 연 가르기

마음의 느낌과 생각에 따라 문장이 쓰이면 천천히 글을 끝내도록 한다. 더 이상 생각과 느낌이 나가지 않고 문장이 떠오르지 않으면 그것이 바로 시가 끝나는 지점이다.

이렇게 마음속으로부터 떠오르는 문장을 받아쓰는 것이 끝나면 그 문장들을 여러 번 천천히 주의 깊게 읽어 본다. 그러면서 호흡(숨결)이 멈추는 곳에서 행을 가르고, 그 행들을 모아서 더 큰 숨결이나 의미(뜻)가 뭉쳐지는 곳에서 연을 가른다.

5. 글 제목 정하기

시의 제목은 처음 시를 쓰기 전에 정할 수도 있지만 시를 다 쓴 다음에 정하는 것이 좋다. 시라는 것이 쓰는 사람의 마음대로(의도대로) 써지는 것이 아니어서 아무리 미리 제목을 정해 두어도 그대로 써지지 않는 경우가 많다.

시의 제목은 시의 문장(내용) 안에 있기도 하고 문장 밖에 있기도 하다. 시의 문장 안에 있는 제목이란 시의 문장에 들어 있는 단어나 문장을 시의 제목으로 삼는다는 말이다.

그렇지만 가장 좋은 제목은 시의 문장 밖에 있는 제목이다. 이게 무슨 말이냐 하면, 시의 분위기나 느낌이나 내용을 대신 말해 주는 제목으로 지으면 시가 더욱 빛나고 좋아진다는 말이다.

어진아, 아무래도 이 부분은 네가 이해하기 어려운 말 같구나. 이렇게밖에 설명하지 못하는 할아버지의 글재주가 아주 많이 부족하다는 생각이 든다.

6. 여러 차례 읽고 다듬기

그다음의 일은 시를 다듬는 일이다. 그러기 위해서는 완성된 시를 여러 차례 소리 내어 읽고 잘못된 부분, 모자란 부분, 어색한 부분을 바로 잡아야 한다.

'옥에 티'라는 말이 있다. 옥처럼 아름답고 좋은 물건에도 티가 있을 수 있다는 말이다. 시에서는 옥에 티가 있으면 안 된다. 옥에 티를 없애기 위해서는 완성된 시를 여러 차례 읽어 보고 고치고 가다듬는 수밖에는 없다.

16. 실지로 시 쓰기

그네가 흔들린다
바람이 앉아서
놀다 갔나 보다

꽃들이 웃고 있다
바람이 간지럼
먹이다 갔나 보다

자고 있는 아기도
웃고 있다
좋은 꿈 꾸고 있나 보다.
— 나태주, 「그네」

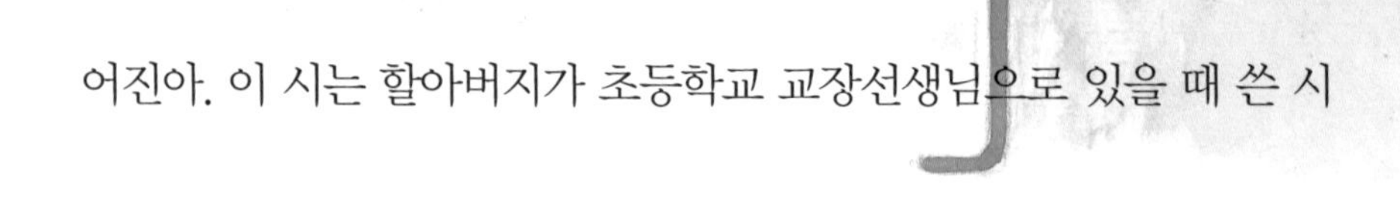

어진아. 이 시는 할아버지가 초등학교 교장선생님으로 있을 때 쓴 시

이다. 나는 일요일 같은 날도 할 일이 있으면 커다란 가방에 일감을 담아 가지고 학교로 가서 일을 하고는 했단다. 그날도 일요일이었다. 학교 현관문을 열고 교장실이 있는 2층으로 올라가고 있었다. 2층으로 가려면 층계를 올라야 했다. 층계는 곧장 올라가지 않고 한 번 올라가다가 중간에 꺾어져서 올라가게 되어 있었다.

층계가 꺾어지는 부분에 유리 창문이 있었다. 나는 올라가던 걸음을 잠시 멈추고 그 유리 창문으로 밖을 내다보았다. 창문 밖으로 그네가 보였다. 그곳은 마침 유치원 아이들의 놀이터가 있는 곳. 그네는 유치원 아이들이 타는 아주 작은 그네다.

그네가 비어 있었다. 다만 보일 듯 말 듯 조금씩 흔들리고 있었다. 왜 그네를 타는 아이들이 없을까? 아, 그렇지. 오늘은 일요일이지. 일요일이라서 유치원에 온 아이들이 아무도 없어서 그렇겠구나. 평소엔 아이들이 서로 타고 싶어서 북적대던 그네다. 생각이 여기에 미친 나는 몇 가지 말이 떠올랐다. 그것이 「그네」의 1연이다.

그네가 흔들린다
바람이 앉아서
놀다 갔나 보다

마침 흔들리는 그네에 바람이 앉아서 아이들 대신 놀다가 갔기 때문이라고 본 것이다. 이것은 하나의 상상이다. 상상이란 실지로는 없는 것을 '있는 것처럼 생각하는 것'을 말한다.

그 옆에 꽃이라도 피어 있었을까. 그다음은 '꽃'으로 생각을 이어 나갔다. 바로 연상이다.

꽃들이 웃고 있다
바람이 간지럼
먹이다 갔나 보다

여기에 나오는 '꽃'은 1연의 '그네'와 짝꿍이다. 이것을 어려운 말로는 '반복 병치'라고 한다. '반복'이란 똑같은 말을 두 번 세 번 계속해서 하는 것을 말하고, '병치'란 비슷한 말을 같은 자리에 놓는 것을 말한다.

그렇지만 어진아. 너 같은 어린아이는 이렇게 어려운 말을 일부러 알 필요는 없단다. 이런 것은 시를 자꾸만 쓰다 보면 저절로 알게 되는 것이란다.

그네가 흔들린다 → 꽃들이 웃고 있다
바람이 앉아서 → 바람이 간지럼
놀다 갔나 보다 → 먹이다 갔나보다

어진아. 너도 이렇게 1연과 2연을 짝을 지어서 읽어 보면 어떤 것이 반복되는 말이고 어떤 것이 병치되는 말이란 것을 알게 될 것이다. 이렇게 비슷하거나 같은 말을 계속해서 쓰면 시가 마치 살아서 움직이는 것처럼 느껴지기도 한단다. 이것을 어른들은 '리듬'이라고도 말한단다.

이렇게 두 차례 비슷하거나 같은 말로 시를 쓴 다음에는 마지막 구절을 찾아낸다. 그것은 여기에도 없고 저기에도 없는 그 무엇이다. 어쩌면 어떤 아이의 집에 있는 모습일지도 모른다. 생각이 껑충, 훨씬 큰 걸음으로 뛰어넘어야 한다.

이럴 때는 이어서 생각하기(연상)를 하기보다는 미루어 생각하기(유추)를 해야 할지도 모른다. 그것이 바로 마지막 연이다.

자고 있는 아기도
웃고 있다
좋은 꿈 꾸고 있나 보다.

이렇게 세 개의 연으로 시가 완성된 다음에는 제목을 붙이면 된다. 그네, 꽃, 아기, 바람 등 여러 가지 제목을 붙일 수 있겠다. 이 제목들은 모두가 시 안에 있는 단어들이다. 앞에서 시의 제목은 시 밖에서 불러오는 것이 더 좋다고 말을 했다.

그래, 시 밖에 있는 제목(말)이 없을까? 그렇구나. 오늘이 일요일이지. 그렇다면 '일요일'이라고 시의 제목을 붙여 보자. 그렇게 해서 '일요일'이라는 제목이 정해졌다. '일요일'이라는 말로 제목을 붙이고 보니, 시 가운데 들어 있는 세 가지의 주요 시어가 모두 일요일이란 말로 이어지는 느낌이 들기도 한다.

그네, 꽃, 아기 → 일요일

17. 시 쓰기 위한 꿀팁

어진아. 이제는 시 쓰기에 도움이 되는 몇 가지를 말해 보기로 한다. 시를 쓰는 데 필요한 것들을 알아 두면 두고두고 도움이 될 것 같아서 몇 가지만 추려서 써 보기로 하마.

1. 대화하듯이

시 쓰기에서 가장 기본이 되는 방법은 누군가와 마주 앉아서 이야기하듯이 글을 쓰는 것이다. 혼자서 말하고 혼자서 대답하는 식으로 글을 써 보면 좋을 것이다. 모든 글은 묻는 부분이 있으면 대답하는 부분이 있기 마련이다. 다음 시를 읽어 보자.

엄만

내가 왜 좋아?

…그냥…

넌 왜

엄마가 좋아?

…그냥…

— 문삼석, 「그냥」

2. 빗대는 말로

시로 쓰는 것은 나만 아는 것이다. 그것은 느낌일 수도 있고 마음일 수도 있고 생각일 수도 있다. 느낌, 마음, 생각은 모양도 없고 빛깔도 없고 소리도 없는 것들이다. 이것을 어떻게 다른 사람이 알 수 있도록 표현하는가가 문제다. 나만 아는 것을 다른 사람도 알 수 있는 것으로 바꾸어서 써야 한다. 그것이 빗대어서 쓰기이다. 다음 시를 읽어 보자.

누나의 얼굴은

해바라기 얼굴

해가 금방 뜨자

일터로 간다.

해바라기 얼굴은

누나의 얼굴

얼굴이 숙어들어

집으로 온다.

— 윤동주, 「해바라기 얼굴」

3. 사람처럼 생각하며

우리들이 사는 세상에는 사람만 있는 것이 아니다. 동물도 있고 식물도 있고 무생물도 있다. 그렇지만 어진아, 너 같은 어린이들은 모든 것들이 다 살아 있다고 생각한다. 나아가 우리 사람들처럼 말을 하기도 하고 생각을 하기도 한다고 믿는다. 그래서 시에서 모든 것들을 사람처럼 표현하기를 좋아한다. 다음 시를 읽어 보자.

날 저무는 하늘에
별이 삼형제
반짝반짝
정답게 지내더니
웬일인지 별 하나
보이지 않고,
남은 별이 둘이서
눈물 흘리네.
— 방정환, 「형제별」

4. 노래하듯이, 그림 그리듯이

시는 착한 마음을 쓰는 글이기도 하지만 아무래도 예쁜 마음, 고운 마음을 쓰는 글이다. 예쁜 마음, 고운 마음으로 시를 쓰려면 노래하듯이, 그림 그리듯이 써야 한다.

노래하듯이 쓰려면 흉내 내는 말을 쓰는 것도 효과적이다. 흉내 내는 말에는 소리를 흉내 내는 말도 있고 몸짓을 흉내 내는 말도 있다. 그래야 흔들리는 마음을 잘 표현할 수 있을 것이다.

그림 그리듯이 쓰려면 아기자기한 말, 예쁜 말을 써야 한다. 눈에 보이듯이 쓴다면 더욱 좋을 것이다. 어쨌든 시는 마음속에 떠오르는 말 가운데 급한 말부터 쓰는 글이란 것을 잊지 말아 주었으면 좋겠다.

다음 두 편의 시를 읽어 보자. 앞의 시 「노랑나비」는 노래하는 마음으로 쓴 시이고, 뒤의 시 「하늘」은 그림을 그리는 마음으로 쓴 시이다. 어진아, 너도 이 시들을 읽으면 저절로 노래가 떠오르고 그림이 떠오를 것이다.

나비
나비
노랑나비
꽃잎에서
한잠 자고

나비
나비
노랑나비
소뿔에서
한잠 자고

나비

나비

노랑나비

길손 따라

훨훨 갔네.

— 김영일, 「노랑나비」

하늘은 바다,

끝없이 넓고 푸른 바다.

구름은 조각배

바람이 사공 되어

노를 젓는다.

— 최계락, 「하늘」

5. 주변에서 글감 찾기

시를 쓸 때 가장 처음 해야 하는 일은 글감을 정하는 일이다. 자기가 겪은 모든 일들 가운데서 특별한 일, 잊히지 않는 일, 재미있던 일들이 모두 글감이 될 것이다. 학교나 집에서 가족, 친구, 선생님하고 있었던 일들을 생각해 보면 좋을 것이다.

자기가 좋아하는 물건에서 글감을 찾아 올 수도 있겠다. 글감을 정할 때 어디서, 무엇을, 어떻게, 왜, 하고 물음표를 붙여 생각해 보는 것도 도움이 되겠다. 잘 되었다거나 이렇게 쓰라는 것은 아니지만 내가 외우고 있는 시 하나를 적어 보니 읽어 보기 바란다. 오래전, 티브이에서 유재석이라는 개그맨이 읽어 주었는데 초등학교 2학년인 학생이 쓴 글이라고 한다.

엄마는 좋다
나한테 잘해주니까

냉장고는 좋다
나한테 먹을 것을 주니까

고양이는 좋다
나하고 놀아주니까

그런데 아빠는
왜 있는지 모르겠다.
—「아빠는 왜」

6. 글감에 마음 대어 보기

글감이 정해지거나 떠오르면 그 글감을 오랫동안 생각해 보는 것이 좋다. 그것을 나는 '글감에 마음 대어보기'라고 말을 한다. 결국은 글감도 내 마음속에 있는 것이고 내 마음도 내 마음속에 있는 것이다. 하나의 마음속에 두 마음이 들어 있다고 볼 수 있다.

글감의 마음과 글감을 들여다보는 마음은 다르다. 두 가지 마음이라 할 수 있다. 마음으로 글감과 그 글감을 들여다보는 마음을 나누어 본다. 처음에는 잘 되지 않을 것이다. 연습이 필요하다. 여러 차례 연습을 하다 보면 글감의 마음과 글감을 들여다보는 마음이 서로 나누어질 것이다.

그렇게 되면 조심스럽게 나의 마음으로 내 마음속에 들어있는 글감을 들여다본다. 이것이 바로 내가 말하는 '글감에 마음 대어보기'이다. 더 쉽게 말한다면 글감을 마음속으로 오랫동안 깊이 생각한다는 말이 될 것이다.

글감을 오랫동안 생각하다 보면 그 글감에서 무엇인가가 번져 나오는 것을 느낄 수 있을 것이다. 그것은 모양이 되기도 하고 빛깔이 되기도 하고 동작이 되기도 하고 또 소리가 되기도 할 것이다. 냄새나 느낌 비슷한 것이 되기도 할 것이다. 시는 이러한 것들(모양, 빛깔, 동작, 소리, 냄새, 느낌)을 말로 바꾸어 쓰는 일(작업)이다. 다음의 시를 한번 읽어 보자.

얼굴 하나야
손바닥 둘로
폭 가리지만,

보고 싶은 맘
호수만 하니
눈 감을 밖에.

— 정지용, 「호수·1」

오리 모가지는

호수를 감는다.

오리 모가지는

자꾸 간지러워.

— 정지용, 「호수·2」

18. 여럿이서 시 쓰기

어진아. 시 쓰기는 언제든 혼자서 하는 일이다. 혼자서 자기의 생각과 느낌을 자기의 말로 쓰는 것이 시 쓰기다. 그렇지만 가끔은 학교에서 친구들과 함께 시를 쓸 수도 있다. 공부시간에 선생님의 지도를 받으며 시 쓰기를 하는 것이 바로 그것이지. 한번 친구들과 함께 여럿이서 시 쓰기를 해 보자. 이런 공부에는 몇 단계의 차례(순서)가 있다. 우선 그 순서를 적어 보기로 하자.

1. 시로 쓸 소재(대상) 정하기 → 2. 시로 쓸 소재에 대하여 떠오르는 말 적어 보기 → 3. 그 말들을 가지고 시로 써 보기 → 4. 완성된 시를 발표하고 느낌 말하기 → 5. 큰 종이에 시 적어 보기 → 6. 전체 시 함께 읽어 보기

그럼, 이 순서대로 한번 시를 써 보기로 하자. 친구들이 열 명이라면 다섯 명씩 팀을 정하는 것이 좋겠다.

1. 시로 쓸 소재(대상) 정하기

시로 쓸 대상에는 사람도 있고 물건도 있고 자연도 있고 사건도 있을 수 있다. 자기의 주변에 있는 친한 것, 잘 아는 것을 선택하는 것이 좋다. 새, 고양이, 강아지, 나비, 물고기와 같은 동물도 있고 나무, 꽃, 풀 같은 식물도 있다. 또한 집, 연필, 필통, 신발, 책상과 같은 물건도 있고 엄마, 아빠, 선생님, 친구와 같은 사람도 있을 수 있다. 여기서는 편한 대로 '과일'을 시로 쓸 대상으로 정해 보자.

2. 시로 쓸 소재에 대하여 떠오르는 말 적어 보기

시로 쓸 소재를 '과일'로 정했으니 '과일'에 대한 느낌을 말해야 한다. 한 사람만 계속 말하는 것보다는 차례대로 여럿이서 정답게 말하는 것이 좋겠다. 누군가 좋은 느낌을 말하면 듣고 있는 사람도 덩달아 좋은 느낌이 떠올라, '그래, 나도 그래', 그런 생각이 들 것이고 또 새로운 느낌이 떠올라 새로운 느낌을 발표하게 될지도 모른다.

앞에서 우리는 시가 자기가 아는 것을 쓰는 글이 아니고 자기의 생각이나 느낌을 쓰는 글이라고 배웠다. 느낌 가운데서도 '울컥'하고 치미는 마음을 쓰는 글이라고 배웠다. 그렇게 과일에 대해서 울컥하는 말, 외마디 말, 외치는 말을 한번 적어 보자.

'둥글다, 딸기, 바나나도 있다, 바나나는 길다, 맛있다, 예쁘다, 여러 가지다, 식탁 위에 있다. 사랑스럽다, 노란색 레몬, 엄마를 닮았다, 사과는 붉다, 안아주고 싶다, 만져주고 싶다.'

3. 그 말들을 가지고 시로 써 보기

그다음은 앞서 적은 말들을 가지고 시를 쓰는 차례다. 아무리 같은 대상을 가지고 시를 썼어도, 여러 개의 말들 가운데서 골라 자기의 느낌이 가는 대로 썼기 때문에 한 사람도 다른 사람과 같을 글을 쓰는 사람은 없을 것이다. 이런 것을 어려운 말로 '개성'이라고 말한단다. 사람마다 그 생김이 다르다는 뜻이지.

무턱대고 시를 쓰는 것보다는 이렇게 시를 쓰는 것이 조금은 편하고 쉬울지도 모른다. 어쩌면 이런 방법은 시 쓰기보다는 말놀이 같은 것인지도 모른다. 할아버지가 몇 편의 시를 대신 써 보기로 하마.

식탁 위에 과일들
바구니에 옹기종기
모여 있는 과일들
우리 집 가족들 같다.
— 김민서, 「과일」

둥글다
붉다
안아주고 싶다
우리 엄마.
— 조아윤, 「사과」

커다란 배
우리 아빠
동글동글한 사과
우리 엄마
귀여운 레몬
나.
— 최유찬, 「과일」

어느 날 아빠를
기다리다 보았어요

유치원 운동장 가에
개나리 울타리

아직 피지 않은
개나리꽃

길쭉한 게 조그만
바나나 같았어요.
— 나어진, 「개나리꽃」

4. 완성된 시를 발표하고 느낌 말하기

이번에는 완성된 시를 각자 소리 내어 친구들 앞에서 읽어 보는 순서다. 자기의 시를 읽을 때 너무 기죽거나 수줍어할 필요는 없다. 또한 다른 친구들이 쓴 시를 함부로 말해도 안 된다. 자기 생각대로 이러쿵저러쿵 말하는 건 절대로 좋은 일이 아니다. 자신 있게 자기가 쓴 시를 읽고 다정한 마음으로 친구들의 시를 들어줄 일이다. 나쁜 점보다는 좋은 점을 서로 말해 주는 것이 좋겠다.

어진아. 생각해 보아라. 너도 누군가에게 칭찬 받았을 때가 기분 좋았지? 분명히 칭찬 받았을 때가 기분 좋았을 거야. 우리 서로서로 칭찬해 주도록 하자. 그러면 칭찬 받는 사람이 우선 기분이 좋을 것이고 칭찬해 주는 사람도 기분이 좋아질 것이다.

5. 큰 종이에 시 적어 보기

친구들이 쓴 시를 모두 들어 본 다음에는 모조지 전지 같은 커다란 종이 위에 예쁜 글씨로 적어 보는 작업을 하는 것이 좋겠다. 팀이 하나가 아니고 둘이나 셋일 때는 서로가 겨루는 마음이 생겨 더욱 활발히 예쁘게 쓸려고 노력할 것이다. 그러다 보면 같은 편끼리 더욱 좋은 느낌이 생기기도 할 것이다.

6. 전체 시 함께 읽어 보기

마지막으로는 큰 종이에 완성된 시를 들고 나와 한 사람씩 다시 읽어 보는 순서다. 어쩌면 큰 종이에 쓰기 전에 읽었을 때와는 다른 느낌이 들기도 할 것이다. 서로가 닮았으면서 다른 점을 발견하고 새로운 것을 배우기도 할 것이다.

꼭 엄마, 아빠나 선생님한테서만 그 무엇을 배우는 것은 아니란다. 친구한테서도 배울 수 있고, 이웃 어른한테서도 배울 수 있단다. 또한 책에서 배울 수도 있고, 길거리 광고판 같은 데서도 배울 것은 많단다. 그렇게 배우는 것이 정말로 배우는 것이고 쓸모 있는 배움이란다.

어진아. 어떠냐? 이렇게 여럿이서 친구들이랑 함께 시 쓰기 공부를 해 보는 것이 재미있지 않았니?

다음에는 '집'에 대해서 이렇게 시를 쓰고 '엄마'나 '학교'에 대해서 시를 써 보기를 바란다. 물론 그때도 선생님이 곁에서 도와주시고 가르쳐 주셔야 할 것이다.

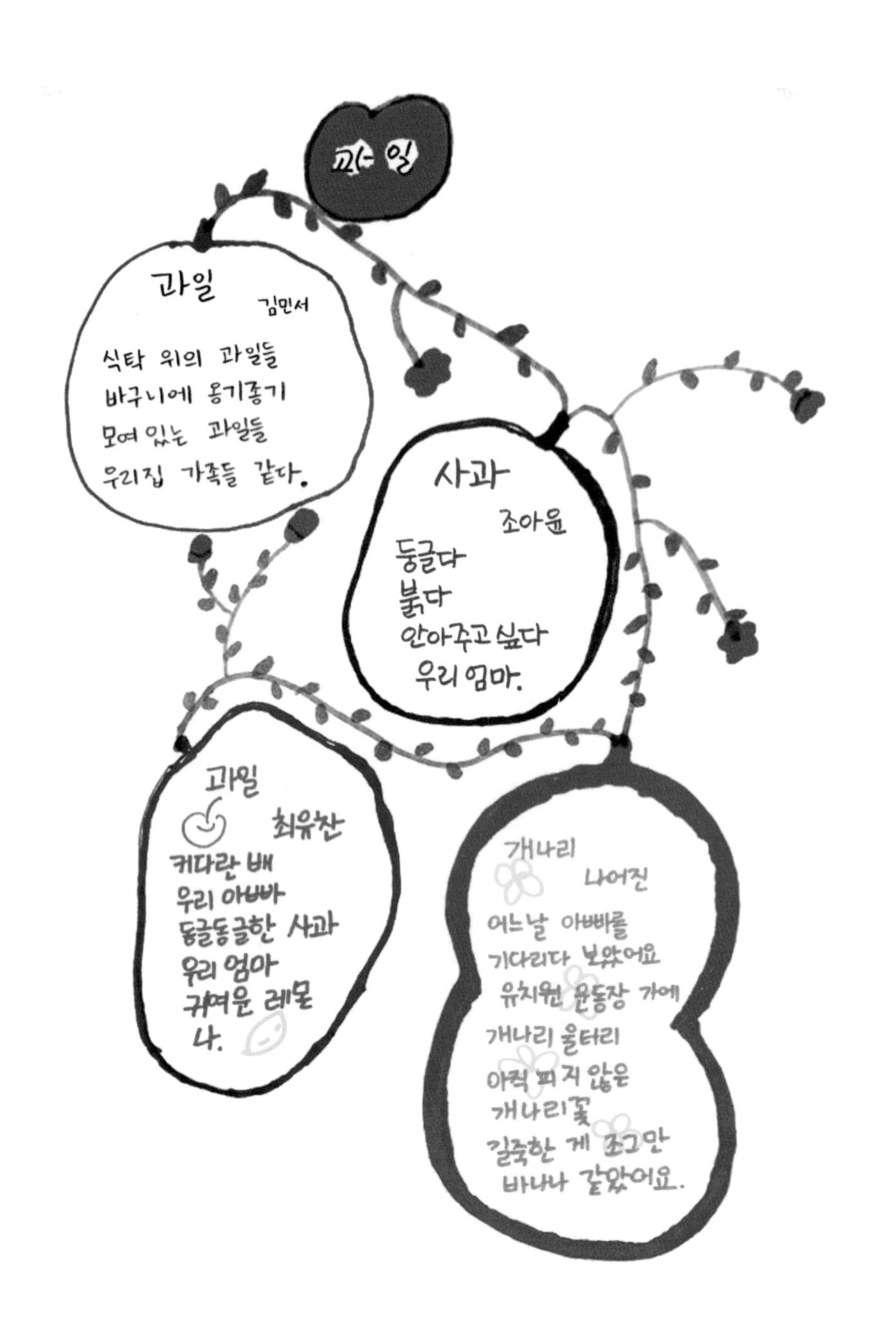
과일
과일
김민서
식탁 위의 과일들
바구니에 옹기종기
모여 있는 과일들
우리집 가족들 같다.
사과
조아윤
둥글다
붉다
안아주고 싶다
우리 엄마.
과일
최유찬
커다란 배
우리 아빠
둥글둥글한 사과
우리 엄마
귀여운 레몬
나.
개나리
나어진
어느날 아빠를
기다리다 보았어요
유치원 운동장 가에
개나리 울타리
아직 피지 않은
개나리꽃
길죽한 게 조그만
바나나 같았어요.

19. 혼자서 시 쓰기

어진아. 앞에서도 말했다. 시 쓰기는 어디까지나 혼자서, 자기만의 느낌과 생각을 자기의 말로 쓰는 것이라고 말했다. 어른들이 하는 말로 '백지의 공포'란 말이 있다. 하얀 종이 위에 무언가를 적으려고 하면 무섭고 두렵다는 뜻이란다. 그만큼 종이 위에 맨 처음 글쓰기를 시작하는 것이 어렵다는 말이지.

그렇지만 시는 마음속에서 우러나오는 말을 받아서 쓰는 글이다. 그렇기 때문에 별로 두렵지 않을 수도 있다. '울컥'하고 올라오는 말을 받아서 쓸 때는 오히려 가슴이 시원하고 기분까지 좋아진단다. 이런 마음을 어른들은 '카다르시스'라는 어려운 외국말로 표현한단다. 그것은 마음이 시원해지고 깨끗하게 청소된다는 말이란다.

글쓰기에 대한 충고나 도움말로 가장 오래되고 좋은 것은 중국 송나라 때 사람인 구양수란 분이 말한 '삼다법'이다. 삼다법은 글쓰기를 잘하려면 '다독', '다작', '다상량', 이 세 가지를 많이 해야 된다는 말이다.

첫째는 다독, '글을 많이 읽자', '책을 많이 읽자' 이다. 글을 많이 읽는 것은 다른 사람이 어떻게 글을 썼는가를 배우는 일이기도 하고 말(단어, 낱말)을 배우는 일이기도 하다. 할아버지처럼 평생 글을 쓰면서 산 사람도 글을 쓸 때 답답한 것이 내가 알고 있는 말(단어, 낱말)이 부족하다는 점이란다.

글을 쓸 때 말은 연모(연장, 도구)와 같아서 많을수록 좋고 여러 가지일수록 좋은 것이지. 책 읽기를 통해서 이러한 말을 배운단다. 그러니 좋은 글을 쓰려면 좋은 책을 많이, 많이 읽어야 한단다.

그다음은 '다작'이다. 다작은 글을 많이 써 보는 일이다. 따질 것도 망설일 것도 없다. 무조건 많이 써야 한다. 한두 편 글을 쓰고 나서 글이 잘 안 써진다고 말하는 사람은 너무 게으른 사람이거나 어리석은 사람이다. 한 가지 제목으로 한 번만 글을 쓰는 것이 아니다. 같은 제목이나 내용으로 쓰고, 쓰고, 또 써야만 더 좋은 글이 되는 것이란다.

마지막으로 '다상량'이다. 다상량은 '많이 생각하고 헤아린다'는 뜻이다. 무슨 일을 하든지 후닥닥 서둘러서 하면 나중에 후회스러운 일이 생기기 마련이지. 곰곰이 생각해 보고 앞뒤를 재 보고 따져 보고 그러는 것이 바로 다상량이란다.

그런데 할아버지는 이 다상량을 다르게 생각한단다. 할아버지 생각으로는 이 다상량이라는 것이 '글에 대한 구상(틀)을 오랫동안 생각해 보는 것'이라고 풀이하고 싶다. 이게 무슨 얘기냐 하면, 글을 쓸 때 쓰고자 하는 글의 내용(소재나 제목, 주제)을 오랫동안 마음속에 품고 생각하면서 익혀야 한다는 말이기도 하지. 엄마가 냉장고에 김치를 넣어 익히는 것처럼 말이다. 글을 쓸 때 이런 경우가 있다고 하자.

①오랜 시간 구상을 하고 짧은 시간 글을 쓴다.

②짧은 시간 구상을 하고 오랜 시간 글을 쓴다.

어진이 네 생각엔 어느 때에 좋은 글이 잘 써지겠니? 잘 모르겠다고! 그럴 거야. 너는 글을 오래, 많이 써 보지 않은 사람이니까 그럴 거야. 글을 오래 써 본 사람은 대번에 알게 된단다. 답은 ①번이야. 그만큼 다상량이 중요한 것이지.

그런 다음 시를 쓸 때 무엇이 중요할까? 착한 마음, 부드러운 마음, 겸손한 마음을 갖는 일이 중요하단다. 물은 낮은 곳으로 흐른다는 말이 있지. 고집이 세고 제멋대로고 남을 챙겨 주지 않는 사람에게는 좋은 글이 찾아오지 않는단다. 그러므로 '좋은 시 쓰기'는 '좋은 사람 되는 일'이기도 하단다. 무엇이든지 아끼고 사랑하는 마음이 있어야 하지. 주변에 있는 것들을 자세히 보고 오래 보는 것도 중요한 마음이지.

그리고 또 중요한 일은 생각이 날 때, 느낌이 있을 때 그것들을 종이에 쓰는 일이란다. 이것을 '메모하기'라고 말한다. 무슨 일이든 성공한 사람들의 이야기를 들어 보면 그들은 거의 모두가 메모를 잘하는 사람들이란 것을 알 수 있단다.

그렇게 메모하는 것은 중요하단다. 심지어 다산 정약용 선생 같은 어른도 '메모하기를(기록하기를) 좋아하는 젊은이가 성공하는 젊은이가 된다'고 말씀하셨단다.

메모하는 것과 함께 좋은 글을 쓰는 데에 도움이 되는 것은 일기 쓰기이다. 일기를 쓰다 보면 자기 자신을 돌아보게 되고 잘 알게 된단다. 그러면서 글 쓰는 힘도 자신도 모르게 조금씩 좋아진단다.

어진아, 너도 이제 일기 쓰기를 하면서 글쓰기에 도움을 받기 바란다. 너는 착하고 순하고 예쁜 아이니까 할아버지의 말을 잘 들었을 줄 안다. 이 책을 읽으면서 지금은 모르는 말이 있다 하더라도 나중에는 아, 그것이 그렇구나 하면서 이해하는 마음을 가질 수 있을 것이란다.

어진아. 끝까지 할아버지와 함께 이 책을 읽어 주어서 고맙구나. 이다음, 할아버지가 이 세상에 없을 때에도 이 책만은 네 곁에서 오래오래 남아서 너의 친구가 되어 줄 것을 생각하니 매우 기쁜 마음이구나. 어진아, 네가 행복하고 즐겁게 너의 삶을 살아갈 줄을 믿는다. 그래야만 한다. 끝으로 너를 위해 써 준 할아버지의 시 「풀꽃 · 3」을 다시 한 번 읽어 보면서 이 글을 마치기로 하자.

기죽지 말고 살아 봐
꽃 피워 봐
참 좋아.
— 나태주, 「풀꽃·3」

제2부

시 읽기 공부

조그만 하늘

강소천

들국화 필 무렵에 가득 담갔던 김치를
아카시아 필 무렵에 다 먹어버렸다.

움 속에 묻었던 이 빈 독을
엄마와 누나가 맞들어
소나기 잘 내리는 마당 한복판에 들어내 놓았다.

아무나 알아맞혀 보아라.
이 빈 독에
언제 누가 무엇을
가득 채워주었겠나.

그렇단다.
이른 저녁마다 내리는 소나기가
하늘을 가득 채워주었단다.

동그랗고 조그만 이 하늘에도
제법 고오운 구름이 잘도 떠돈단다.

어느 집에 겨우내 식구들이 김치를 먹어서 빈 독이 생겼던 모양이다. 독은 항아리를 달리 부르는 말이다. 이 독을 누나와 엄마가 마주 들어 마당 한가운데 두었는데 그 독에 비가 내려 물이 고였다는 것이다. 그런데 거기에 하늘이 거꾸로 비치고 구름이 비쳤나 보다. 이걸 보고 아이가 좋아하고 있다.

시란 이렇게 생활 주변에 널려 있는 평범한 것들 가운데 새로운 것을 발견하고 거기서 놀라움을 찾아내는 데서 출발한다는 것을 이 시는 보여 준다. 우리도 주변에 있는 것들을 무심하게 보지 말고 마음의 눈으로 볼 필요가 있다.

이 시에는 한 어른이 한 어린아이를 타이르는 듯한 목소리가 들어 있다. 그 어른은 매우 마음씨가 곱고 친절하신 분인가 보다. 무엇인가를 자분자분 이야기해 주고 싶어 한다. 이야기를 듣는 아이 또한 고분고분한 표정으로 듣고 있는 것 같다. 눈에 보이지 않지만 눈에 보이는 듯한 풍경, 마음의 풍경이다.

감자꽃

권태응

자주 꽃 핀 건

자주 감자

파보나 마나

자주 감자

하얀 꽃 핀 건

하얀 감자

파보나 마나

하얀 감자

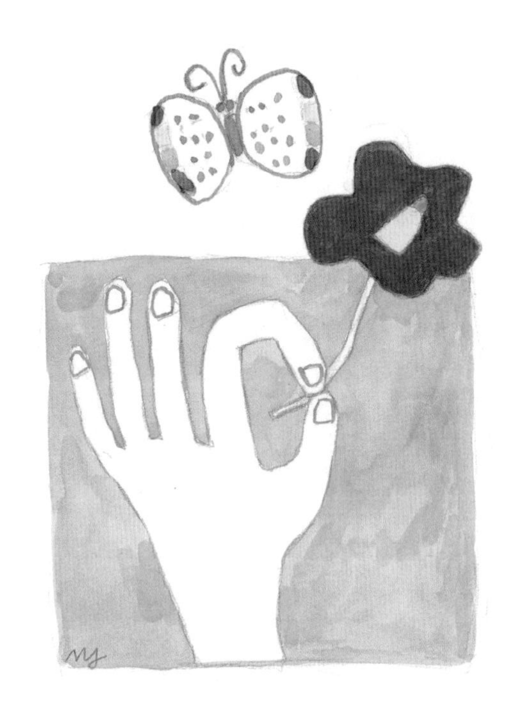

단순하다. 뻔하다. 그렇지만 그 단순함과 뻔한 것을 넘어서는 깊은 속내가 있다. 바로 우리들 삶의 모습이다. 진실이 그 속에 담겼기 때문일 것이다. 우리들 삶이란 이렇게 단순하면서도 뻔한 것들 속에 아주 중요한 것들이 숨어 있는 것이었구나! 시를 읽으며 마음속으로 깨우쳐 보기도 한다.

엄마 걱정

기형도

열무 삼십 단을 이고
시장에 간 우리 엄마
안 오시네, 해는 시든 지 오래
나는 찬밥처럼 방에 담겨
아무리 천천히 숙제를 해도
엄마 안 오시네, 배추잎 같은 발소리 타박타박
안 들리네, 어둡고 무서워
금간 창틈으로 고요히 빗소리
빈방에 혼자 엎드려 훌쩍거리던

아주 먼 옛날
지금도 내 눈시울 뜨겁게 하는
그 시절, 내 유년의 윗목

시인의 어린 시절, 초등학교 때의 이야기다. 집안은 가난했고 엄마는 시장으로 열무를 팔러 다니는 사람이었다. 학교에 다녀온 아이는 빈집에서 엄마를 기다린다. 엄마를 기다리느라 일부러 천천히 숙제를 다 했는데 엄마는 오시지 않는다.

'해는 시든지 오래', '찬밥처럼 방에 담겨', '배추잎 같은 발소리'. 이런 표현은 새로우면서도 가슴을 아프게 한다. 자꾸만 그 아이가 마치 나인 것만 같은 생각이 들게 한다. 좋은 시는 이렇게 읽는 사람의 마음을 움직여 시를 쓴 사람의 마음처럼 만드는 힘을 가졌다. 그래서 읽는 사람까지도 '눈시울이 뜨거'워진다.

바다와 나비

김기림

아무도 그에게 수심*을 일러준 일이 없기에
흰나비는 도무지 바다가 무섭지 않다.

청무우밭인가 해서 나려갔다가는
어린 날개가 물결에 절어서
공주처럼 지쳐서 돌아온다.

삼월 달 바다가 꽃이 피지 않아서 서글픈
나비 허리에 새파란 소승달이 시리다.

*수심: 물의 깊이

한 장의 그림을 보는 듯하다. 가지런하고 아름답다. 그리고 고요하다. 주인공은 흰나비. 흰나비가 아이가 되기도 하고 공주님이 되기도 한다. 마음의 요술이다. 그래서 흰나비가 사람 마음을 대신해 주기도 한다.

그러니까 흰나비가 시인이고 시인의 마음인 셈이다. 아니다. 시인은 시 밖에 있고 시인을 대신하는 흰나비만 시 안에서 날아다니고 있다. 이런 시를 '그림 시'라고도 부른다.

엄마야 누나야

김소월

엄마야 누나야 강변 살자,
뜰에는 반짝이는 금모랫빛,
뒷문 밖에는 갈잎의 노래,
엄마야 누나야 강변 살자.

참 짧고 단출한 시다. 어려운 말도 없고 쉬운 말로만 되어 있다. 그렇지만 그 속에 들어 있는 뜻이 쉽다는 말은 아니다. 뜻은 마음이고 알맹이다. 이 시는 오래전부터 노래로 작곡되어 불리고 있는 시이다.

그래서일까? 한국 사람들이 널리 좋아하는 시 가운데 한 편이다. 이런 시를 정말 좋은 시라고 나는 말한다. 일찍이 독일 시인 괴테는 이렇게 말했다고 한다. "좋은 시란 어린이에게는 노래가 되고 청년에게는 철학이 되고 노인에게는 인생이 되는 시다." 바로 이 시가 그런 시이다.

그런데 이 시에는 '엄마'와 '누나'만 있고 '아빠'와 '오빠'는 없다. 이런 것으로 보아 지은이가 남자라는 걸 알 수 있다. 나아가 평화로운 땅, 살기 좋은 곳(강변)에서는 엄마와 누나만 있으면 된다는 생각이 숨어 있다. 언젠가는 그곳에 아빠와 오빠도 함께 초대받기를 바란다.

외할머니

나태주

시방도 기다리고 계실 것이다,
외할머니는.

손자들이
오나오나 해서
흰옷 입고 흰버선 신고

조마조마
고목나무 아래
오두막집에서.

손자들이 오면 주려고
물렁감도 따다 놓으시고
상수리묵도 쑤어 두시고

오나오나 혹시나 해서
고갯마루에 올라
들길을 보며.

조마조마 혼자서
기다리고 계실 것이다,

시방도 언덕에 서서만 계실 것이다,

흰옷 입은 외할머니는.

....

이 시는 내가 쓴 작품이다. 1969년도에 쓴 것이니 시인으로 등단하기 전에 쓴 작품이다. 나는 동시를 쓰는 시인이 아니다. 그렇지만 가끔은 동시를 쓰고 있다. 동시 쓰는 시인만 동시를 써야 된다고 생각하지 않기 때문이다. 아예 나는 시와 동시의 울타리를 헐어야 한다고 생각하는 사람이다.

그것은 그렇고, 이 시는 내가 어렸을 때의 일을 기억하여 쓴 것으로 시의 주인공은 외할머니다. 나는 어려서 초등학교 시절 외할머니 집에서 살았다. 외할머니는 젊으신 나이에 외할아버지를 잃고 혼자서만 사시는 분이었다. 그래서 내가 외할머니와 함께 살게 되었다.

외할머니네 집은 마을의 꼭대기에 있는 오두막집. 대문도 없고 울타리도 없는 집이었다. 부엌 하나에 방이 두 개. 초가삼간이었다. 집안 형편이 매우 가난했지만 나는 외할머니의 사랑을 받으며 행복하게 살았다. 나의 일생에 가장 행복한 시절을 대라면 바로 그 시절이 아닌가 싶을 정도다.

외할머니는 여러 외손자 가운데서도 유독 나만을 사랑하고 아끼셨다. 먹을 것이 있어도 좋은 것이 있어도 나한테만 주었다. 그러면서 나를 '아기'라고 불렀다. 나중에 청년 나이로 자랐을 때에도 그 이름은 변하지 않았다. 어쩌면 내가 시를 쓰는 사람으로 일평생을 살게 된 것은 어린 시절 이렇게 외할머니의 사랑을 받으며 살았던 덕분이 아닌가 싶기도 하다. 고마운 일이다.

어머니

남진원

사랑스런 것은
모두 모아
책가방에 싸주시고,

기쁨은 모두 모아
도시락에 넣어주신다.

그래도 어머니는
허전하신가 봐.

뒷모습을 지켜보시는 그 마음
나도 알지.

이 세상에서 가장 아름다운 이름, 가장 크고 위대한 이름, 가장 따뜻한 이름을 찾으라면 그것은 대번에 어머니란 말일 것이다. 어머니는 우리의 가장 좋은 친구이고 이웃이며 사랑하는 사람이고 선생님이고 간호사이고 의사인 분이시다. 세상 사람 누구도 내 편을 들어 주지 않을 때에도 가장 나중에까지 내 편이 되어 주실 분은 오직 어머니 한 분이시다.

어머니는 자식에게 무엇이든지 좋은 것만 주고 싶어 하신다. 그리고 자기는 나쁜 것을 갖고 싶어 하신다. 그것이 어머니의 마음이다. 만약 우리가 세상을 살아가면서 어머니가 안 계셨다면 어찌 되었을까? 가장 불행하고 슬픈 일이 바로 그 일이다. 어머니는 죽을 때까지 우리들의 마음의 고향이고 가장 좋은 안식처이다.

딸을 위한 시

마종하

한 시인이 어린 딸에게 말했다.
'착한 사람도, 공부 잘하는 사람도 다 말고
관찰을 잘하는 사람이 되라고.
겨울 창가의 양파는 어떻게 뿌리를 내리며
사람은 언제 웃고, 언제 우는지를.
오늘은 학교에 가서
도시락을 안 싸온 아이가 누구인가를 살펴서
함께 나누어 먹으라고.'

……………………………………

모처럼 아버지의 마음을 담은 작품이다. 이런 작품은 매우 드물다. 이 아버지에게는 딸만 있었던가. 아니면 딸을 더 좋아했던가. 어쨌든 아버지가 딸에게 이르는 말을 담은 시이다. 아버지는 시인이다. '한 시인'이라 했으니 이 글을 쓴 시인일 수도 있을 것이고 시인의 친구 되는 시인일 수도 있을 것이다.

어쨌든 좋다. 이 시인 아버지가 딸에게 부탁하고 가르치는 말은 다른 아버지가 하는 부탁과는 많이 다른 것이다. '착한 사람', '공부 잘하는 사람'이 되는 것이 아니라 '관찰을 잘하는 사람'이 되라는 부탁이다. 부탁 치고는 별나다. 그다음의 가르침은 더욱 특별하다. '오늘은 학교에 가서/ 도시락을 안 싸온 아이가 누구인가를 살펴서/ 함께 나누어 먹으라고.'

생각해 보면 이런 아버지의 부탁과 가르침은 평범한 것 같으면서도 훌륭한 것이고 대단한 것이다. 오늘날 우리에게 꼭 필요한 것이 아닌가 싶다. 우리는 이제 '나' 한 사람만으로는 제대로 살 수가 없고 행복하게 살 수가 없다는 것을 알아야 한다. '너'가 있어야 하고 너와 더불어 잘 살아야 정말로 잘 사는 것이다. 그것을 알아가는 데에는 이러한 시가 가장 좋은 교과서가 되지 않을까 싶다.

우산 속

문삼석

우산 속은

엄마 품 속 같아요

빗방울들도

들어오고 싶어

두두두두

야단이지요.

늘 주변에서 볼 수 있는 것들 가운데 아주 작은 것 하나를 골라서 시로 썼다. 비 오는 날의 '빗방울들'이 그것이다. 그 빗방울이 시인이 쓰고 있는 우산 속으로 들어오고 싶어서 '두두두두', '야단'이라는 것이다. 빗방울을 마치 개구쟁이처럼 여기면서 썼다.

그리고 '우산 속'을 '엄마 품'같이 편안하고 좋다고 썼다. 빗대어 쓴 말이고 사람처럼 여기고 쓴 표현이다. 이렇게 시는 세상 모든 것들을 살아 있는 것으로 보고, 또 사람으로 여기는 마음으로 쓰는 글이다. '두두두두'와 같은 말은 소리를 흉내 낸 말로 시 읽는 재미를 더해 준다.

돌아오는 길

박두진

비비새가 혼자서
앉아 있었다.

마을에서도
숲에서도
멀리 떨어진,
논벌로 지나간
전깃줄 위에,

혼자서 동그마니
앉아 있었다.

한참을 걸어오다
뒤돌아 봐도,
그때까지 혼자서
앉아 있었다.

이 시는 내가 초등학교 다닐 때 국어 교과서에서 읽은 시이다. 그런데 일흔 살이 넘어서도 머리에서 지워지지 않는 시이다. 참 좋은 시이다. 오랫동안 잊히지 않아서 좋은 시가 아니라 읽을 때마다 좋은 느낌을 갖게 해 주어서 좋은 시이다.

모든 시의 주인공은 우선 시인 자신이다. '나'라는 말이 들어가 있지 않아도 모든 말들은 시인이 하는 말이고 시 속에 나오는 생각이나 느낌은 시인의 생각이고 시인의 느낌이다.

이 시에도 어딘가 다녀오는 한 아이가 있다. 그 아이가 있는 곳은 '마을에서도/ 숲에서도/ 멀리 떨어진,/ 논벌'이다. 그리고 그 아이가 보고 있는 것은 '전깃줄 위에,//혼자서 동그마니/ 앉아 있는' 비비새 한 마리이다.

이 비비새가 바로 시인 자신이다. 아이 자신이다. 아니다. 글을 읽는 나 자신이다. 그러기에 이 시가 그토록 오래 잊히지 않고 가슴속에서 지워지지 않는 그림으로 남아 있는 것이다.

아름다운 시 한 편은 사람을 오래도록 나이 어린 사람으로 머물게 한다. 나는 이제 늙은 사람이 되었지만 이 시를 읽을 때만은 초등학교 학생으로 돌아가고는 한다. 지금도 초등학교 5학년 국어 교과서에 이 시가 나오는지 모르겠다.

물새알 산새알

박목월

물새는

물새라서 바닷가 바위틈에

알을 낳는다.

보얗게 하얀

물새알.

산새는

산새라서 잎수풀 둥지 안에

알을 낳는다.

알락알락 얼룩진

산새알.

물새알은

간간하고 짭쪼름한

미역 냄새

바람 냄새.

산새알은

달콤하고 향긋한

풀꽃 냄새

이슬 냄새.

물새알은
물새알이라서
날갯죽지 하얀
물새가 된다.

산새알은
산새알이라서
머리꼭지에 빨간 댕기를 드린
산새가 된다.

....

처음 이 시를 만난 것은 중학교 때, 국어과 교과서에서였다. 선생님은 아무런 감흥도 없이 쭉 시를 한 번 읽고 그냥 넘어갔다. 나도 이 시가 그렇게 좋은 시인 줄 알지 못했다. 왜 이렇게 당연한 일을 가지고 당연하지 않은 것처럼 썼을까. 그런 느낌이었을 것이다.

그런데 시간이 지나고 나중에 어른이 되면서 이 시에 좋은 느낌이 들기 시작했다. 아. 그렇구나, 그렇구나, 그런 느낌이 새록새록 생겼다. 우리들 주변에 있는 많은 물건과 많은 일, 그 가운데에는 신기하고 새롭고 아름답고 좋은 일들이 있다. 그것을 찾아내어 글로 쓰는 사람이 바로 시인이다. 그런 점에서 시인은 자연 과학자나 탐험가처럼 발견하는 사람이기도 하다.

누가 모르나! 물새는 바닷가 바위틈에 알을 낳고 그 알이 보얗다는 것. 그리고 산새는 잎수풀 둥지 안에 알을 낳고 그 알이 알락달락하다는 것. 그렇지만 이것을 잘 관찰해 두었다가 이렇게 예쁜 말로 표현해 낸 것도 훌륭하다. 그보다 더 중요한 것은 그다음이고, 또 그다음이다.

물새알에서 간간하고 짭쪼름한 미역 냄새가 나고 바람 냄새가 난다는 것은 실지로 그런 것이 아니고 상상으로 그런 것이다. 산새알이 또 달콤하고 향긋한 풀꽃 냄새가 나고 이슬 냄새가 난다는 것, 그것도 상상으로 그런 것이다. 상상이란 한 생각에 또 한 생각을 이어서 할 때 생기는 것이다. 시인이란 한 가지 일에서 다른 일로 생각을 번지게 해서 이어서 생각하는 일을 잘하는 사람이기도 하다.

물새알은 물새알이라서 거기서 날갯죽지 하얀 물새가 된다는 것! 산새알은 산새알이라서 머리꼭지 빨간 댕기를 드린 산새가 된다는 것! 이것은 안 보이는 세상을 미루어 생각하고 볼 수 있는 마음을 가진 사람에게만 가능한, 참으로 넓고도 아름다운 세상이다. 같은 시인이 쓴 「송아지」란 시도 있다. 이 시 또한 당연한 것, 뻔한 것을 가지고 발견의 아름다움을 쓴 작품이다.

송아지 송아지 얼룩송아지
엄마소도 얼룩소
엄마 닮았네

송아지 송아지 얼룩송아지
두 귀가 얼룩 귀
귀가 닮았네.
— 박목월, 「송아지」

풀잎

박성룡

풀잎은
퍽도 아름다운 이름을 가졌어요.
우리가 '풀잎'하고 그를 부를 때는,
우리들의 입 속에서는 푸른 휘파람 소리가 나거든요.

바람이 부는 날의 풀잎들은
왜 저리 몸을 흔들까요.
소나기가 오는 날의 풀잎들은
왜 저리 또 몸을 통통거릴까요.

그러나 풀잎은
퍽도 아름다운 이름을 가졌어요.
우리가 '풀잎' '풀잎' 하고 자주 부르면,
우리의 몸과 마음도 어느덧
푸른 풀잎이 돼버리거든요.

우리가 쓰는 말은 참 묘한 힘을 가졌다. 어떤 말을 계속 소리 내어 읽어 보면 그 말 속에서 느낌이 나오고 생각이 나오고 그런다. 가령, '어머니'란 말을 계속해서 불러 보면 금방 내 앞에 어머니가 와 계신 듯한 느낌과 생각이 생긴다. 또 '하늘, 하늘'이라고 불러 보자. 그러면 마음조차 넓어지고 파란 하늘이 금방 내 마음속에서 열리는 듯한 느낌과 생각을 받을 것이다.

앞에서 읽은 시 「풀잎」도 바로 그런 느낌으로 쓴 글이다. '풀잎'이란 말은 결코 풀잎과 닮지 않았다. 풀잎 속에 풀잎이 들어 있는 것도 아니다. 그러나 자꾸만 '풀잎, 풀잎' 하고 소리 내어 불러 보면 나 자신이 풀잎이 되는 것 같고 나도 싱싱한 풀잎처럼 싱싱해지는 것 같고 또 풀잎의 초록색 물감이 나의 온몸에 드는 듯한 느낌을 받기도 한다. 때로는 우리가 날마다 쓰는 말이 우리들 대신이다. 또 우리들의 생명이고 아름다움이다.

이제는 그까짓 것

어효선

혼자서 버스 타기도
겁나지 않는다, 이제는.

표시 번호 잘 보고 타고
선 다음에 차례대로 내리고
서두르지 않으면 된다.
그까짓 것.

밤 골목길
혼자서 가도
무섭지 않다, 이제는.
정신 똑바로 차리면 된다.
그까짓 것.

사나운 개 내달아
컹컹 짖어대도
무서울 것 없다, 이제는.

마주 보지 말고, 뛰지 말고,
천천히 걸으면 된다, 그까짓 것.

선생님이 가르쳐주신 대로
어머니 아버지가 이르신 대로
그대로만 하면 된다. 모든 일.

자랑스런 열두 살,
자신 있는 열두 살.

여기 씩씩한 한 아이가 있다. 혼자서 버스를 타는 것도 겁내지 않고, 혼자서 밤길을 걸을 때도 무서워하지 않고, 골목길에서 사나운 개를 만나도 도망치지 않는 당당한 아이가 있다. 아이의 나이는 열두 살. 초등학교 6학년. 초등학교 학생 가운데서는 가장 어른스럽고 또 어른인 아이이다.

그렇지만 이 아이가 믿는 것이 하나 있다. 그것은 '선생님이 가르쳐주신 대로' 하고 '어머니 아버지가 이르신 대로/ 그대로만 하면 된다.'는 것이다. 그래서 이 아이는 혼자가 아니다. 등 뒤에 어깨 넘어 선생님이 있고 어머니 아버지가 있는 아이이다. 선생님과 어머니 아버지와 함께 다니는 것이다. 이 얼마나 좋은 일인가! 우리는 모두가 그런 아이였고 또 그런 아이이다.

꽃사슴

유경환

아가의 새이불은
꽃사슴 이불

포근한 햇솜의
꽃사슴 이불

소로록 잠든 아가
꿈속에서

꽃사슴 꽃사슴
타고 놉니다.

사뭇 귀여운 시다. 아기가 있고 그 아기가 덮고 자는 이불이 있다. 아기는 잠을 자고 있다. 세상에서 가장 귀엽고 평화스러운 모습이 있다면 그것은 바로 잠을 자고 있는 아기의 모습일 것이다. 게다가 아기는 꽃사슴이 그려진 이불을 덮고 잔다.

아기와 꽃사슴. 이 두 가지는 모두 귀엽고 사랑스러운 것들이다. 이 두 가지가 서로 어울려 더욱 예쁜 세상을 만들어 내고 있다. 여기서 시인의 상상이 나온다. 그것은 아기가 잠을 자면서 꽃사슴을 타고 놀 것이라는 상상이다.

이렇게 시란 것은 세상에 없는 것을 상상으로 불러내어 눈앞에서 보는 듯이 쓰는 글이다. 또 들리지 않는 것을 듣는 것처럼 상상하여 쓰는 글이다. 그래서 그 아름다운 세상을 우리가 같이 느끼고 같이 사랑하고 함께 살아가게 하는 글이다.

편지

윤동주

누나!
이 겨울에는 눈이 가득히 왔습니다.

흰 봉투에
눈을 한 줌 넣고
글씨도 쓰지 말고
우표도 붙이지 말고
말쑥하게 그대로
편지를 부칠까요?

누나 가신 나라엔
눈이 아니 온다기에.

시인 윤동주! 그 이름은 우리에게 아픈 이름이다. 그러면서도 빛나는 이름이고 아름다운 이름이다. 정말로 밤하늘에 별빛처럼 우리들 가슴에 살아서 빛나는 이름이다. 시인의 시도 아름답지만 시인의 인생이 너무도 깨끗하고 아름답기 때문일 것이다.

시인이 세상을 떠난 나이가 집나이로 스물아홉 살이었다. 결혼도 하지 못하고 아이도 낳아 보지 못하고 돌아가셨다. 그것도 우리나라의 독립을 빼앗은 일본 사람들한테 잡혀서 감옥에 갇혀 고문을 받다가 돌아가셨다. 시인이 저지른 죄는 아무 것도 없었다. 죄가 있었다면 한국말로 시를 쓴 죄라고나 할까.

그래서 더욱 시인의 죽음이 안타깝고 억울하고 분하다. 이러한 마음들이 고스란히 시인의 시에까지 번져 시를 더욱 아름답게 하고 빛나게 한다. 읽는 사람의 마음까지 짠하게 하고 아프게 만들어 준다. 이것이 시인의 힘이고 시의 힘이다.

이 시는 동시다. 시인이 직접 손 글씨로 써서 만든 시집 『하늘과 바람과 별과 시』 이전에 쓴 작품이다. 아마도 아이들에게 읽히기 위해서 쓴 글일 것이다. 시인이 어렸을 때 있었던 일을 글감으로 삼았을지도 모른다. 눈을 봉투에 넣어 편지 대신 부쳐 주겠다는 발상이 귀엽고 재미있다. 그것도 누나한테 말이다.

왜 눈을 누나한테 부쳐 주어야 했을까? '누나 가신 나라엔/ 눈이 아니 온다기에.' 누님에게 눈을 부쳐 주는 것이다. 그러고 보니 그 누나는 이 세상에 살아 있는 누나가 아니고 돌아가신 누나인가 보다. 그래서 이 시는 다시 한 번 읽는 사람의 마음을 안쓰럽게 만들어 준다.

먼 길

윤석중

아기가 잠드는 걸
보고 가려고
아빠는 머리맡에
앉아 계시고

아빠가 가시는 걸
보고 자려고
아기는 말똥말똥
잠을 안 자고

언제든 예쁘고 사랑스럽고 아름다운 풍경에는 엄마가 나오고 아빠가 나오고 또 아기가 나온다. 가정의 풍경이다. 그런 풍경의 중심에는 아기가 있다. 아기는 내일을 살 사람이고 가족 모두의 희망이고 세상 사람들의 꽃이기 때문에 그렇다.

아기는 늘 엄마 곁에 있기 마련이다. 그러나 이 시에는 아기 옆에 엄마가 아니고 아빠가 있다(물론 그 옆에 엄마도 있을 것이지만 말이다). 아기는 잠을 자야 할 아기다. 그런데 아기가 잠을 자지 않는다. 왜 그런가? 아빠가 '먼 길' 가시는 것을 보고 자려고 그러는 것이다. 그러니 아빠는 또 먼 길을 떠나지 못하고 있다. 아기가 잠드는 걸 보고 가려고 그러는 것이다.

그 아기에 그 아빠다. 이런 풍경은 작은 것이고 그저 그런 흔한 것이지만 참으로 아름답고 거룩한 풍경이다. 이런 아빠와 아기가 있는 세상이라면 조금 더 아름다워도 좋을 것이고 조금 더 오랫동안 마음이 편안해져도 좋을 것이다. 마음이 우울하거나 속상한 날이면 이런 시를 읽어 보자. 그러면서 자기 자신한테도 '괜찮다, 괜찮다.' 등을 두드려 줄 일이다.

여름에 한 약속

이문구

방아깨비 잡아서
어떻게 했지?
떡방아 찧고 나서
가게 했어요.
내년에 만나기로
마음 약속하고
각시풀 있는 데로
가게 했어요.

베짱이는 잡아서
어떻게 했지?
비단 옷감 짜고 나서
보내 줬어요.
내년에 다시 보자
굳게 약속하고
분꽃 핀 꽃밭으로
보내 줬어요.

사람은 본래 이렇게 순하고 착한 것인가? 아닐지도 모른다. 어른들로부터 수없이 이야기를 듣고 교육을 받다 보니 착한 사람으로 바뀌는 것일지도 모른다. 사람은 착할 것이란 생각, 착하지 않은 사람도 점점 착해질 것이라는 믿음이 귀한 것이다. 그런 생각과 믿음이 우리를 착한 세상으로 이끌어 가는 것이다.

방아깨비와 베짱이는 풀밭에서 사는 여름 곤충이다. 하찮은 동물이고 귀하지도 않은 곤충이다. 함부로 해도 된다. 그렇지만 시에 나오는 주인공은 방아깨비와 베짱이를 함부로 하지 않았다. 조심스럽게 다루었고 또 함께 놀다가 다시 돌려보내 주었다. 방아깨비가 처음 있던 곳인 '각시풀 있는 데'로 가게 했고 '분꽃 핀 꽃밭'으로 보내 주었다.

이렇게 되었을 때 방아깨비와 '내년에 만나기로' 한 약속은 귀한 것이고 베짱이와 '내년에 다시 보자'고 한 약속도 귀한 것이 된다. 사람이 어찌 말도 하지 못하고 생각도 하지 못하는 방아깨비와 베짱이와 약속을 하겠는가. 마음속으로 하는 약속이다. 혼자서 하는 약속이고 내가 나 자신과 하는 약속이다.

시골 정거장

이응창

산허리에 덩그렇게
외로이 앉은
잠자는 듯 가물가물
시골 정거장.

함박눈만 펑펑
쏟아지는데
타는 이도 별로 없는
시골 정거장.

꿈나라의 등불마냥
반짝거리며
고요히 멀어가는
시골 정거장.

그림 같은 시다. 시골 정거장. 시골 마을에 있는 정거장. 앞에는 시골 정거장의 풍경이나 모습을 그렸고(1연과 2연) 뒤에는 시를 쓴 사람의 마음을 썼다(3연). 시를 읽는 동안 어떤 마음이 드는가? 어딘가 먼 곳으로 떠나는 마음이 들 것이다. 더구나 기차를 타고서 가는 느낌이 들 것이다. '시골 정거장'이란 말이 불러오는 마음이다. 이것이 연이어 일어나는 느낌이고 마음이다.(이걸 어려운 말로는 연상이라고 한다.)

아련하다. 멀다, 가고 싶다. 쓸쓸하다. 그곳은 어딘가 내가 잘 모르는 곳이다. 그렇지만 편안한 마음이 든다. 이것이 바로 시가 우리에게 주는 이로움이고 고마움이다. 그래서 시를 읽는 것이다. 그래서 시를 쓰기도 하는 것이다. 어디까지나 유명한 시, 유명한 시인이 아니다. 유용한 시, 유용한 시인이다.

유용하다는 것은 쓸모 있다는 것을 말한다. 시는 그렇게 우리에게 쓸모 있는 것이다. 그래야 한다. 이런 시를 통하여 우리는 내 마음속의 그림을 그려 보기도 하고 내 마음속의 노래를 들어 보기도 한다.

아빠 손

이종택

회사에서 밤샘하신
아빠가
새벽에
돌아오셨다.

부석부석해진
아빠의
얼굴.

“애 많이 쓰셨지요?”

어머니의 얼굴도
부석부석.

“당신도 야근한 사람 같구료.”

아빠가
두 팔을 뻗어
엄마 손 한쪽,
내 손 한쪽 잡으신다.

아빠 손이

참

따스하다.

....

어머니에 비하여 아버지는 늘 집 밖에서 일하는 분이다. 직장에 다니며 돈을 버는 분이다. 우리 가족을 먹여 살리는 분이다. 집 안에 머무는 시간이 많지 않다. 아침 일찍 출근했다가 저녁 늦게 돌아오는 분이다. 집 안에서는 늘 어머니의 소리만 들리고 아버지의 소리는 들리지 않는다.

그래도 아버지는 귀한 분이고 중요한 분이다. 만약에 우리 집에 우리 아버지가 없다면 어찌 될 것인가? 집안이 휘청거릴 것이다. 우리 집이 배라고 한다면 사공이 없는 배가 될 것이다. 이리저리 떠다니며 어디로 갈지 몰라 괴롭고 답답할 것이다.(당황할 것이다.)

아버지가 직장에 나가서 하루 종일 일하는 것도 모자라 저녁 일까지 하셨다. 밤새워 하는 일, 야근이다. 그리고서 아버지가 집으로 돌아오셨다. 새벽시간이다. 아버지의 얼굴은 부석부석한 얼굴이다. "애 많이 쓰셨지요?" 어머니의 말이다. 위로의 말이다. 아버지의 대답. "당신도 야근한 사람 같구료."

아, 눈물이 나려고 한다. 이런 아버지에 이런 어머니도 계셨구나. 이걸 또 아이가 곁에서 보고 있었구나. 우리가 이런 아버지와 어머니의 자식이란 사실. 때로는 우리가 그런 아버지이기도 하고 그런 어머니일 수도 있다는 사실. 그래서 우리들 인생은 다시 한 번 아름다운 것이고 거룩한 것이다.

'아빠가/ 두 팔을 뻗어/ 엄마 손 한쪽,/ 내 손 한쪽 잡으신다.' 이 얼마나 따뜻하고 정다운 풍경인가! 이런 풍경이 있는 한 우리는 내일의 희망을 잃어서는 안 된다. '아빠 손이/ 참/ 따스하다.' 이 마음이 또 우리들 마음이다.

아버지와 고구마

이준관

고구마를 캤다.
나는 괭이질이 서툴러
자꾸만 고구마를 동강을 냈다.

그러나 아버지는 재빠르게 정확하게
흠집 하나도 없이
고구마를 잘도 캐셨다.

아버지는
고구마들이 어디에 숨어
무슨 장난을 하고 있는지
무슨 일에 한눈을 팔고 있는지
훤히 아시는 것 같았다.

고구마를 가득 채운
커다란 자루를
아버지는 거뜬히 어깨에 둘러 메셨다.
마치 어린 나를 어깨 위에 올려놓았을 때처럼
자랑스럽고 대견한 얼굴로.

그렇다.

고구마는

콧잔등에도 무릎에도 발바닥에도

온통 흙으로 범벅을 한

장난꾸러기.

아버지의 아들이었다.

소중하고 대견스러운

아버지의 아들이었다.

일하시는 아버지와 아버지를 돕는 아들이 나오는 시다. 씩씩하고 건강하다. 구김살이 없다. 넓고도 환한 들판이 보이는 듯한 시다. 지금은 이런 아버지와 아들이 드물겠지만 내가 어렸을 때는 우리들의 아버지는 모두가 이렇게 힘차게 일하시는 아버지였고 우리는 또 그 옆에서 아버지를 돕는 아들들이었다.

아버지는 만능이다. 무슨 일이든지 잘하는 분이다. 고구마 밭에서 고구마 캐는 일도 척척 잘하신다. 나는 괭이질이 서툴러 자꾸만 고구마를 동강 내도 아버지는 흠집 하나 내지 않고 잘도 캐신다. 옆에서 보기에도 참 용하신 아버지다. 아들이 보기에 '아버지는/ 고구마들이 어디에 숨어/ 무슨 장난을 하고 있는지/ 무슨 일에 한눈을 팔고 있는지/ 훤히 아시는 것 같'다.

아버지에게는 고구마 캐는 아들만 아들이 아니라 고구마도 아들이다. 당신이 오랫동안 정성 들여 가꾸었기 때문에 그럴 것이다. 고구마가 든 자루를 어깨에 멘 아버지의 얼굴에 미소가 번진다. 자랑스러운 표정이 떠오른다. 그 미소와 표정은 마치 아들을 어깨 위에 올려놓았을 때처럼 자랑스럽고 당당하다.

이런 시를 읽으면 우리들 자신도 건강한 마음이 되고 편안한 마음이 되고 넓은 마음이 된다. 이 역시 글이 주는 힘이고 용기이다. 자, 가슴을 펴 보자. 우리 앞에 넓은 들판이 있다. 거기에 마치 개구쟁이처럼 놀면서 뒹구는 고구마들이 있다. 고구마들은 이제 나의 동생이나 마찬가지다.

내가 아플 때

이해인

내가 아플 때
내 이마를 짚어 보는 엄마의 손은
내가 안 아플 때 만져 보던
엄마의 손보다
몇 배나 더 부드럽고 따스해서
나는 금세 눈물이 핑 돕니다.

내가 아플 때
유리창으로 내다보는
조그만 크기의 하늘은
내가 안 아플 때
마음 놓고 올려다본 하늘보다
몇 배나 더 푸르고 아름다워서
나는 금세 울어 버릴 것만 같습니다.

내가 아플 때는
후회되는 일들도 많습니다
이제 다시 학교에 가면
조그만 일로 말다툼했던
나의 단짝 현아에게
제일 먼저 달려가서
활짝 핀 웃음을 선물하겠습니다.

맨손체조 할 때엔

내 하얀 두 팔을

나무처럼 더 높이

하늘로 뻗쳐 올리겠습니다.

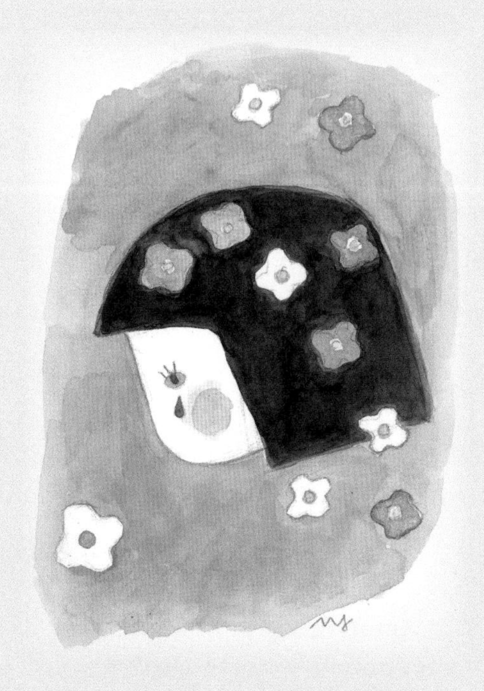

사람은 누구나 몸이 아플 때가 있다. 아무리 건강한 사람이라도 일 년에 한두 차례는 감기에 걸려 앓을 수도 있고 몸살을 앓을 수도 있다. 사람이 몸이 아프면 몸만 약해지는 것이 아니라 마음도 약해진다. 저절로 움츠러들고 마음이 조그마해진다.

그럴 때면 사람이 달라진다. 아니다. 그 사람이 바라보는 것이 달라지고 그 사람이 듣는 것이 달라지고 그 사람이 하는 행동이 달라지고 생각이 달라지고 그 사람의 말까지도 달라진다. 더러는 지난 일을 돌아보며 후회하는 마음이 되기도 한다.

몸이 아프기 때문에 새롭게 얻어지는 자기 자신이다. 새롭게 나타나는 또 다른 자기 자신이다. 이렇게 새롭게 태어나는 자기 자신으로 자신을 바라본다. 그러기에 엄마의 손이 더욱 부드럽고 따스하게 느껴지고, 하늘도 안 아플 때 바라보던 하늘보다도 몇 배나 푸르고 아름답게 보인다.

그뿐이 아니다. 후회되는 일들도 있다. 단짝친구 현아하고 말다툼했던 일이 후회된다. 체육시간에 쭈뼛쭈뼛하며 팔을 내밀지 않고 체조한 일도 후회가 된다. 그래서 어찌한다? 몸이 좋아지기만 해 보라. 당장 학교에 가서 제일 먼저 현아한테 달려가 내가 먼저 미안했다고 사과하고 활짝 핀 웃음을 선사할 것이다. 그리고 맨손체조를 할 때에도 건강한 나무처럼 힘차게 하얀 팔을 하늘 높이 뻗쳐 올릴 것이다.

그렇다면, 그렇다면 말이다. 병이 나서 앓아누웠던 일이 손해만 본 것은 아니다. 무언가 얻은 일이기도 하고 무언가 깨달은 일이기도 하다. 이렇게 세상의 모든 일은 공짜가 아니며 공연히 이루어지는 일은 없다.

감자

장만영

할머니가 보내셨구나,
이 많은 감자를.
야, 참 알이 굵기도 하다.
아버지 주먹만이나 하구나.

올 같은 가뭄에
어쩌면 이런 감자가 됐을까?
할머니는 무슨 재주일까?

화롯불에 감자를 구우면
할머니 냄새가 나는 것 같다.
이 저녁 할머니는 무엇을 하고 계실까?
머리털이 허이언
우리 할머니.

할머니가 보내 주신 감자는
구워도 먹고 쪄도 먹고
간장에 조려
두고두고 밥반찬으로 하기도 했다.

요즘은 핵가족 세상이다. 그래서 할아버지나 할머니와 함께 살기보다는 아버지 어머니하고만 사는 가정이 많다. 또한 시골집처럼 마당과 뒤뜰이 있는 그런 집에서 사는 사람들보다 아파트에서 사는 사람들이 많다. 그래서 이웃과의 끈끈한 정도 없고 가족끼리의 정도 부족한 편이다.

점점 그런 형편이 심해지는 것 같다. 모처럼 시 안에서 할머니를 만나 본다. 어머니는 나를 낳아 준 분이기는 하지만 좀 빡빡해서 엄한 면이 없지 않다. 거기에 비하여 할머니는 조금은 헐렁하고 편한 구석이 있다. 인자하시다. 용서를 잘 해 주시고 내 말을 잘 들어 주신다.

그래서 할머니가 좋다. 할머니는 시골에 사신다. 그 할머니가 우리 집에 감자를 보내오셨다. 양이 많기도 하고 알이 굵기도 하다. 아버지 주먹 크기만 한 것들도 있다. 뉴스에서 보면 올해는 가뭄이 심했다고 한다. 어떻게 할머니는 이 심한 가뭄 속에서 감자를 이렇게 알차게 길러 내셨을까? 재주가 참 좋으시다.

할머니가 보내 주신 감자를 먹으면서 내내 할머니 생각이 떠나지 않는다. 감자가 익으면서 나는 구수한 냄새가 마치 시골에 계신 할머니 냄새처럼 느껴진다. 감자 익는 구수한 냄새가 바로 할머니 냄새다. 그건 앞으로 자라 어른이 되어서도 그럴 것이다.

사람의 어렸을 적 기억은 이렇게 무서운 구석이 있다. 실은 나도 이 시를 초등학교 다닐 때 국어 교과서에서 읽고 좋아했는데 그 좋아하는 마음이 아직까지도 변함이 없다. 나에게도 감자 익는 냄새는 할머니 냄새이고 할머니 냄새는 감자 익는 냄새다.

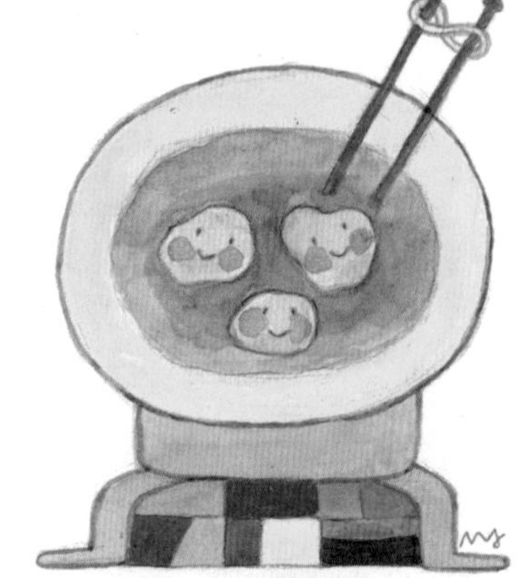

엄마가 아플 때

정두리

조용하다
빈집 같다

강아지 밥도 챙겨 먹이고
바람이 떨군
빨래도 개켜 놓아두고

내가 할 일이 뭐가 있나

엄마가 아플 때
나는 철드는 아이가 된다

철든 만큼 기운 없는
아이가 된다.

이번에는 내가 아플 때가 아니고 엄마가 아플 때이다. 내가 아플 때는 엄마가 모든 일을 해 주고 간호를 해 주시니 다행이지만 엄마가 아플 때는 여러 가지로 곤란한 일들이 생긴다. 집안일들이 그렇다. 보통 때는 엄마가 알아서 해 주신 일들. 그 일들을 엄마가 하지 못하니 내가 해야만 한다.

할 일이 참 많다. 바람이 떨군 빨래를 개켜 놓고 강아지 밥도 챙겨 먹이고… 평소 때는 전혀 내 일이 아닌 일들이다. 그걸 해야 한다. 내가 엄마 대신이니까. 이제 뭐 더 할 일 없나? 집 안을 둘러본다.

엄마가 아프니까 집 안이 조용하고 텅 빈집인 것만 같다. 내가 갑자기 철든 아이가 된 듯한 느낌이 든다. 한편으로 나는 더욱 기운이 빠진 아이가 된다. 아이 같지 않은 아이. 이런 때 나의 소망은 그저 한 가지뿐이다. 엄마가 빨리 나아 옛날처럼 그 엄마가 되어 주었으면! 엄마를 제자리로 돌려주세요, 하나님. 기도를 드리고 싶어진다.

할아버지

정지용

할아버지가
담뱃대를 물고
뜰에 나가시니,
궂은 날도
곱게 개이고,

할아버지가
도롱이를 입고
들에 나가시니,
가문 날도
비가 오시네.

옛날, 옛날이야기다. 옛날이야기는 믿을 수 있을 것 같기도 하고 믿지 못할 것 같기도 하다. 살은 모두 쓸려 나가고 뼈대만 앙상히 남아 있다. 짐작으로 이해해야 한다. 더듬어 찾아가야 한다.

옛날이야기 속에 할아버지가 있다. 요술을 부리는 할아버지다. 담뱃대를 물고 들로 나가시면 궂은 날도 곱게 개게 하는 할아버지다. '궂은 날'이란 비가 오거나 비가 올 것같이 흐린 날을 말한다.

또한 할아버지는, 도롱이를 입고 들로 나가시면 가문 날에도 비가 오게 하는 재주를 가지셨다. 여기서 또 '가문 날'이란 비가 잘 오지 않는 날을 말하고 '도롱이'란 옛날 어른들이 비 오는 날에 입던 비옷(우비) 같은 것이다. 비옷도 잘 모르는 요즘 사람들인데 도롱이를 알려 주려면 그림을 동원해야 할 것이다. 그러니 옛날이야기다.

옛날이야기는 옛날이야기로 듣고 느껴야 한다. 주인공으로 나오시는 할아버지의 재주 말이다. 이런 재주를 어른들은 지혜라고 말씀하신다. 오래 사시었으므로 젊은이들이 모르는 것을 알고 계신다는 말이다.

요즘은 노인들이 환영을 받지 못한다. 노인분들도 잘하셔야 하지만 젊은이들도 노인들에게 잘해야 한다. 무엇이든지 한쪽만 잘해서 되는 일은 없다. 서로가 잘해야 한다. 노인들이 필요하고 존경받는 세상이 정말로 좋은 세상이다. "집안에 노인이 없다면 빌려라도 와야 한다." 이것은 그리스의 속담이다. 그만큼 노인들은 지혜가 있어 집안에서 필요한 사람이라는 말이다.

나 하나 꽃 피어

조동화

나 하나 꽃 피어
풀밭이 달라지겠느냐고
말하지 말아라

네가 꽃 피고 나도 꽃 피면
결국 풀밭이 온통
꽃밭이 되는 것 아니겠느냐

나 하나 물들어
산이 달라지겠느냐고도
말하지 말아라

내가 물들고 너도 물들면
결국 온 산이 활활
타오르는 것 아니겠느냐

학교나 공공기관에 문학 강연을 나가 보면 나의 시 「풀꽃」과 함께 가장 많이 걸개글씨나 게시판으로 사용되는 시가 바로 이 시이다. 그만큼 사람들이 좋아하고 필요로 하는 시라고 할 것이다. 좋은 글이다. 뜻이 좋고 말이 좋고 내용이 좋다.

출발은 '나 하나'다. 나 하나는 그냥 하나이고 작은 하나이다. 나 한 사람이 꽃으로 피어난다고 해서 세상이 달라질 것이라 말하지 말라고 시인은 충고하고 있다. 그러나, 하나하나인 너와 내가 꽃으로 피어난다면 결국은 '풀밭'이 '꽃밭'이 되지 않겠느냐는 것이다.

그다음은 나 하나의 물들기이다. 1연의 반복이면서 같은 뜻을 다른 소재와 말로 되풀이하고 있다. 더욱 강하게 표현(강조)하고 싶어서 그런 것이다. 어디까지나 중요한 것은 나 한 사람이다. 나 한 사람이 잘하면 전체가 잘하는 것이고 나 한 사람이 변하면 전체가 변하는 것이다. 그만큼 나 한 사람이 중요하다.

엄마 마중

조장희

장에 간 엄마를
기다리다가
나루턱 물가에서
수제비 뜬다.

하나 둘 셋 넷…

일곱 방울 뜨며는
엄마가 온다,
다음 배에 엄마가 온다.

…넷 다섯 여섯 일곱.

일곱 방울 떴는데
엄마는 없다,
이번 배도 엄마는 없다.

다시
…여섯 일곱 여덟 아홉.

아홉 방울 떴어도
엄마가 없다,
이번 배도 엄마가 없다.

골라놓은 조약돌
흩어버리고
나루턱 등지고
모래성 싼다.

모래성 크게 쌓면
엄마가 온다,
다음 배에 엄마가 온다.

—거 우리 돌이 아이가?

커다란 모래성
반도 못 쌓서
아, 엄마가 왔다.
이번 배에 엄마가 내린다.

이런 세상이 있었을까? 한 편의 동화를 읽는 느낌이다. 나룻배 타고 시장에 가신 엄마를 기다리는 아이의 마음이 잘도 그려져 있다. 엄마는 자식에게 가장 좋은 사람이고 필요한 사람, 자식은 또 엄마에게 가장 소중하고 사랑스러운 사람이다.

시가 섬세하고 길어서 할 말이 따로 많지 않다. 시가 그 모든 것을 소상히 잘 말해 주겠지 싶다. 시에 나오는 '물수제비'란 말은 국어사전 풀이에서 이렇게 나온다. '둥글고 얄팍한 돌을 물 위로 튀기어 가게 던졌을 때에, 그 튀기는 자리마다 생기는 물결 모양.'

난 어린애가 좋다

천상병

우리 부부에게는 어린애가 없다
그렇게도 소중한
어린애가 하나도 없다.

그래서 난
동네 어린이들을 좋아하고
사랑한다.
요놈! 요놈 하면서
내가 부르면
어린이들은
환갑나이의 날 보고
요놈! 요놈 한다.

어린이들은
보면 볼수록 좋다.
잘 커서 큰 일 해다오.

천상병 시인은 어른을 위한 시만 썼지 어린이를 위한 시는 쓰지 않았다. 그렇지만 이 시는 어린이를 소재로 하였다. 재미있고, 어린이에 대한 소망과 사랑을 가득 담고 있다. 이 글은 내가 서울에서 나들이하는 동안, 지하철 어느 역인가 스크린도어(지하철 선로를 가리는 유리창문)에 쓰인 글을 적어 가지고 와 옮긴 것이다.

처음 읽는 순간, 미소가 확 번졌다. 어린애를 소중히 여기지만 불행하게도 어린애가 없는 부부가 있다. 대신에 남편은 동네 아이들을 만나면 좋아서 어쩔 줄 몰라 한다. 거기까지는 그런대로 이해가 가는 이야기다. 그런데 그다음이 문제다.

시인이 아이들더러 '요놈! 요놈' 하고 부르면 아이들도 시인을 따라서 '요놈! 요놈' 하고 부른다는 것이다. 시인의 나이가 환갑인데도 말이다. 시인은 아이들이 귀여워서 그렇게 부르는 것이고 아이들은 말의 뜻도 모르고 따라서 그렇게 하는 것이다. 이 어찌 재미나지 않는가! 이것은 천상병 시인만이 만들어 낼 수 있는 세상 풍경이다.

시의 마지막 부분에 시인의 부탁과 꿈이 잘 드러나 있다. '어린이들은/ 보면 볼수록 좋다./ 잘 커서 큰 일 해다오.' 이런 어른과 어린이가 어울려 사는 세상이므로 이 세상은 아름다운 세상이고 천국 같은 세상이다.

꽃씨

최계락

꽃씨 속에는
파아란 잎이 하늘거린다.

꽃씨 속에는
빠알가니 꽃도 피어있고,

꽃씨 속에는
노오란 나비 떼도 숨어 있다.

이 시는 오랫동안 초등학교 교과서에서 실려 있던 작품이다. 어린이들이 읽으면 좋은 시지만 어른들이 읽어도 충분히 좋다. 꽃씨는 꽃이 지면서 남기는 씨앗으로 새로운 생명이고, 사람으로 치면 아기다. 꽃씨는 내년에 다시 싹을 틔우고 새로 자라서 꽃을 피우기 위해 준비한다.

아기이므로 당연히 귀엽고 조그맣다. 그렇지만 그 안에는 꽃이 가진 모든 것들이 들어 있다. '파아란 잎', '빠알가니 꽃', '노오란 나비 떼'가 그것이다. 이것을 어떻게 알았을까? 시인의 상상이 알아낸 것이다. 시인이 상상으로 알아내어 읽는 이에게 그렇지 않느냐고 일러 주고 있는 것이다.

그래서 나는 '시인은 발견하는 사람이고 탐험하는 사람'이라고 말해 왔다. 주변에 있는 많은 사람이나 물건, 자연 가운데에서 자기만 아는 것을 찾아내어 세상 사람들에게 알려 주는 사람이라는 것이다. 그러기 위해서는 내가 「풀꽃」이란 시에서 썼던 것처럼 '오래 보아야' 하고 '자세히 보아야' 한다.

이런 것을 일찍이 가장 잘했던 시인이 바로 최계락 시인이다. 최계락 시인이 발견해 낸 세상을 좀 보아라! 그 조그맣고 보잘것없는 꽃씨 속에서 어쩌면 이렇게도 아름답고 넓고 화려한 세상을 찾아낼 수 있었단 말인가! 읽으면 읽을수록 아름다운 느낌이 드는 좋은 작품이다.

풀베기

하청호

풀을 벤다
머리채 잡듯 거머쥐고
낫질을 한다.

얘야, 아무리 잡풀이지만
그렇게 잡으면 못 쓴다.
풀을 잡은 아버지 손을
가만히 보니
풀을 쓰다듬듯 감싸고 있다.

아버지 눈빛이
하늘색 풀꽃처럼 맑다.

아버지에 대한 시다. 요즘은 아버지가 집안에서 힘을 잃고 큰소리를 치지 못하는 세상이다. 꼭 아버지가 큰소리를 쳐야 한다는 것은 아니다. 집안에서 아버지의 자리가 그런대로 크게 자리 잡아야 한다는 데서 하는 말이다.

아버지는 누구인가? 보통 때는 별로 나서지 않는 어른이다. 집안일을 할 때 세세한 여러 가지 일을 하는 분은 어머니다. 그래서 집안에는 어머니의 자리가 크고 넓다. 아버지는 어떤 때 필요한가? 급한 일, 중요한 일, 큰일이 있을 때 아버지가 필요하다.

아버지는 그런 어른이다. 하는 말도 많지 않다. 행동으로 말을 하고 가르침을 주는 분이다. 시인도 어려서 아버지한테서 풀 베는 방법을 배웠던 모양이다. '얘야, 아무리 잡풀이지만/ 그렇게 잡으면 못 쓴다.' 그렇게 말하시면서 '풀을 쓰다듬듯 감싸고' 베는 방법을 가르쳐 주셨던 모양이다.

이것은 사실 세상을 살아가는 하나의 방법을 가르쳐 주신 거나 마찬가지다. 그래서 시인은 평생 하찮고 작은 일이라도 정성을 다해 조심스럽게 대하는 사람으로 살았을 것이다. 역시 아버지의 가르침은 그렇게 크고 소중한 것이다.

섬집 아기

한인현

엄마가 섬 그늘에 굴 따러 가면
아기가 혼자 남아 집을 보다가
바다가 불러주는 자장노래에
팔 베고 스르르르 잠이 듭니다.

아기는 잠을 곤히 자고 있지만
갈매기 울음소리 맘이 설레어
다 못 찬 굴 바구니 머리에 이고
엄마는 모랫길을 달려옵니다.

공주풀꽃문학관에는 풍금이 있다. 오래된 풍금이다. 그러나 소리만은 짱짱하게 잘 난다. 그 풍금은 문학관에 방문객이 있으면 함께 노래 부를 때 반주하기 위한 풍금이다. 나는 그 풍금으로 내가 좋아하는 동요를 연주한다. 서투른 솜씨다. 그래도 방문객들은 좋아한다.

참 신기한 노릇이다. 처음 문학관에 들어설 때 기세등등하고 거만해 보이던 사람들도 동요만 몇 곡 부르고 나면 순해진다. 목에 들어갔던 힘이 빠지고 얼굴에 유순한 빛이 감돈다. 노래가 그렇게 좋고 그중 동요는 더욱 좋다. 사람 마음을 맑고 순하게 만들어 주는 마력을 가지고 있다.

내가 방문객들과 함께 부르는 노래는 「고향의 봄」, 「과꽃」, 「꽃밭에서」, 「겨울나무」, 「오빠생각」, 「섬집 아기」, 「엄마야 누나야」 등 여러 가지다. 이 가운데서 가장 자주 부르는 노래는 「오빠생각」이지만 특별히 여성방문객이 있을 때는 「섬집 아기」를 부르기도 한다. 그 노래 속에 엄마와 아기의 아름다운 세계가 들어있기 때문이다.

특히 「섬집 아기」는 한국인들이 가장 좋아하는 동요 가운데 하나이고 아기 키우는 엄마들한테는 자장가 대용으로 사랑받는 노래다. 이 노래를 불러 주면 용케도 아기들이 잠을 잘 잔다고 그런다. 말을 알아들어서가 아니다. 곡조로 그렇고 시 가운데 들어 있는 시의 마음으로 그런 것이다.

이런 것만 보아도 시가 보통의 언어가 아닌 것을 알 수 있다. "시에 쓰이는 언어는 황금의 언어이고 영혼에서 울려오는 영혼의 언어다." 역시 내가 즐겨하는 말이다. 그러기에 말도 알아듣지 못하는 아기가 노래만 듣고서도 잠을 잘 자는 것이 아닌가 싶다.

더러 엄마들한테 이런 말을 듣는다. 대부분의 아기는 이 노래를 들려주면 잠을 잘 자는데 어떤 아기는 서럽게 느껴 주며 울기도 한다는 것이다. 이 또한 우리의 영혼과 관계가 있어서 그런 것이 아닌가 싶다. 어쨌든 이 시(노래)는 신비한 시(노래)다.

그런데 이 노래를 부르면서 1절만 부르는 것이 문제다. 일이 바쁘고 할 일이 많다 보니까 그렇다고 말하면 곤란한 일이다. 노래에 2절이 있으면 꼭 2절까지 불러야 한다. 어떤 노래든지 2절이 있는 노래는 1절의 이야기가 2절까지 이어지는 노래다. 또 2절에 시인이 말하는 중요한 말이 들어 있다.

만약에 이 노래를 1절만 부르고 2절을 부르지 않는다고 생각해 보자. 1절에서 굴을 따러 섬 그늘로 나간 엄마가 집으로 돌아오지 않는 것이 된다. 그래서 엄마는 계속 굴만 따고 있고 아기는 집에서 잠만 자고 있는 것이다. 이래서는 안 된다. 엄마와 아기를 만나게 해 주어야 한다.

그것은 노래의 2절을 부르는 것이다. 그래야 엄마와 아기가 만나게 되고 집을 나간 엄마가 집으로 돌아오게 된다. 2절의 마지막 부분을 들어 보라. '다 못 찬 굴 바구니 머리에 이고/ 엄마는 모랫길을 달려옵니다.' 그것이 엄마의 마음이다. 걸어가도 될 것을 달려간다고 하지 않는가! 이 얼마나 거룩한 마음인가!

아, 고마우신 엄마. 아, 사랑스럽고 귀여운 아기. 그 둘 사이에 우리들이 꿈꾸는 가장 아름다운 세상이 있다. 평화가 있다. 나는 가끔 '이 노래를 2절까지 부르지 않아서 세상의 엄마들이 집을 나가 돌아오지 않는다.'는 농담을 하고는 한다. 아기를 두고 집을 나가서 돌아오지 않는 엄마는 세상에서 제일로 나쁜 엄마다. 그럴 수는 없는 일이다.

엄마가 된 분들은 알아야 한다. 자기는 그냥 그대로 한 사람의 여자가 아니라 누군가의 엄마라는 사실을 깨달아야 한다. 엄마가 아니었을 때는 자기한테 자기가 함부로 할 수도 있다. 그렇지만 엄마가 된 뒤에는 자기한테 함부로 해서는 안 된다. 왜 그런가? 자기는 그냥 여자가 아니라 누군가의 엄마인 사람이다.

그래서 나는 세상의 모든 엄마들에게 말을 하고는 한다. "자기한테 함부로 하지 마십시오. 자기를 더 아끼고 사랑하십시오. 당신은 누군가의 엄마이기 때문입니다. 당신이 사랑하는 자녀들한테 엄마를 빼앗지 마십시오! 그것은 가장 나쁜 일이고 용서받지 못할 일이고 가장 무서운 죄악입니다."